秋叶

散文诗选

第二辑

秋叶 著

内蒙古大学出版社

图书在版编目(CIP)数据

秋叶散文诗选.第二辑 / 秋叶著 . -- 呼和浩特 : 内蒙古大学出版社 , 2020.11

ISBN 978-7-5665-1874-3

Ⅰ.①秋… Ⅱ.①秋… Ⅲ.①散文诗—诗集—中国—当代 Ⅳ.① I227.6

中国版本图书馆 CIP 数据核字（2020）第 219926 号

秋叶散文诗选·第二辑

著　　者	秋　叶
责任编辑	周　虹
装帧设计	徐明伟
出版发行	内蒙古大学出版社
社　　址	呼和浩特市昭乌达路 88 号（邮编：010010）
联系电话	发行部：0471-4993154/4990092
	编务部：0471-4990533
网　　址	http://www.imupress.com
电子邮箱	imupress@163.com
经　　销	内蒙古新华书店
印　　刷	内蒙古地矿印刷厂
开　　本	880mm×1230mm　1/32
印　　张	11.625
字　　数	260 千字
版　　次	2020 年 11 月第 1 版
印　　次	2020 年 11 月第 1 次印刷
标准书号	ISBN 978-7-5665-1874-3
定　　价	68.00 元

序言

    作为一个作家和诗人，写诗歌是我的爱好，无论是散文诗还是古诗词，我都有涉猎。在普通的日子里，以及那些节日和纪念日，我都会把自己的感受用诗歌的形式记录下来，日积月累，《秋叶散文诗选》的第二辑就这样产生了。诺贝尔文学奖获得者波兰女作家奥尔加·托卡尔丘克说过："文学是极少数可能让我们贴近世界确凿事实的领域之一，由于它的本质涵盖了心灵的哲学，也因为它始终关注人物内在的合理性与动机，揭示出他们难以用其他方式向他人展开的体验。唯有文学能够让我们深入其他存在的生命，理解他们的逻辑，分享他们的感情，体验他们的命运。"我非常赞同她的说法和感觉，无论我的小说还是诗歌，都是感悟自己的心灵，去歌颂去缅怀，去引导去纠正；同时，去分享那些值得关注的人们的感情，体验他们的命运。

    社会在飞速地发展，在这个信息碎片化的社会里，文学倒像一个老人，步履蹒跚地踯躅前行。有些人沉浸在网络世界里，服从虚拟世界的指挥，变得唯唯诺诺。他们接受那些事先设定好的场景，而不再发挥人的思维，这个之所以让我们能成为人类的，伟大的最高级的方式。正像奥尔加·托卡尔丘克说过的那样："最重要的是，文学需要集中精力和注意力，而在当今这个极度分散注意力的世界中，这种能力变得越来越罕见。"

    现在我们看到，散文诗这种形式，越来越趋同于散文。很多人，呢喃一些不知所云的话，然后自夸为诗歌。他们并不了解诗，诗应该是语言比文章更优美，表达的中心意思更直接的一种文学形式，诗的格式韵脚要求非常规范。除此之外，那些只能叫作拼凑的句子，而不能叫作诗歌。当然我对自己的作品，也有同样的感觉，似乎写出的东西非驴非马，文章不是文章，诗歌不是诗歌。正所谓近朱者赤近墨者黑，也可能是受了网络文化的影响，朋友们都说我的诗变得晦涩难懂，我倒是希望我的诗歌也能跟着社会前进。可是一些老朋友对我讲："你的诗是在变异。"我听到后大吃一惊，要是真的那样，会不会产生一个新的诗体呢？也可能就是一个不成形的碎片化的东西，要看懂还要集中一下注意力，这就要由诗友们评论，我只能在角落里拭目以待。

秋 叶

目录

义勇军战歌

昨天我们来自遥远的地方，
大中华是我们美丽的故乡。
父辈为国家的荣誉而征战，
勇敢无畏地驰骋在疆场上。
啊，战士的灵魂就是勇敢，
祖国会保佑他的人民安康。

今天我们这些中华的勇士，
虽然失败漂泊到异国他乡。
忠勇孝义战士誓死在战场，
为保卫亲人我们英勇顽强。
啊，战士的灵魂就是勇敢，
祖国会保佑他的子民安康。

注：这是《关东秋叶·第四部》中的诗，表现了中国军人大无畏的精神，
誓死要回到家乡，与敌人血战到底。

诗的精神

我是文字终身的学生，
我是诗歌谦恭的仆人，
我拥抱着千年历史的古诗词，
我牵手着词句优美的现代散文。

我感觉到诗是流淌的灵魂，
那些滚烫的话语，都是血液在沸腾，
我的诗句，诞生在家乡的山山水水，
用每一个字，赞美祖国和父老乡亲。

热爱祖国、家乡和人民，
诗句里才会有鲜活的灵魂，
无论家乡是富饶还是贫瘠，
用诗歌去激励吧，那里是我们生命的根。

裸露的岩石蕴藏着巨大的力量，
干涸的河床让我们去努力追寻，
面对着那些贫困落后的环境，
诗人也要做不屈不挠的斗争。

生活里，不仅是欢乐和轻松，
那些酸甜苦辣都写进了诗中，
当诗里有了甜蜜的爱情，
就会带来油盐酱醋的辛勤。

记录那幼小生命的诞生，
去歌颂成长中快乐的每一分钟。
平凡生活的点点滴滴，
这才是我们生命真正的征程。

平凡和普通，就是诗的精灵，
只有懂得生活的真谛，才能使诗歌升腾，
让我们的诗句，展开想象的翅膀，
赞美家乡的春雨夏花，秋叶和冬雪。

千年来，诗词是历史的见证，
百年来，诗歌挣扎着屈辱在抗争，
我们的诗人前仆后继，
中华民族的不屈，才是诗的精神。

诗歌是号角，鼓励人民团结斗争，
诗歌记录着，祖辈的流血和牺牲，
高亢的诗句，激励着战士们的勇敢，
今天我用诗句，歌颂伟大祖国和人民。

注：这是诗人发自内心的呼喊，诗歌应该是爱国家、爱人民、爱家庭的，
这在诗人的诗歌里有着充分体现。

平凡

野地里稀疏的小花开放
显得是那样平淡而杂荒
可是它们也能为这世界
增添一点点色彩和馨香

雨后空中的水珠在飘荡
大家都会忽略它的模样
是她呈现了美丽的彩虹
折射着七色太阳的光芒

叶茎稀疏极度缺乏营养
细弯的小树在风中摇晃
也正是它们能为你撑起
那丝丝绿荫带来的清凉

让世界所有的芸芸众生
为平凡和弱小祝福吉祥
正是它们为博大的宇宙
带来永世的真诚和善良

诗人

小时候意外发现了诗经，
她把我愚钝的内心唤醒。
让我张开了文字的翅膀，
在愤怒和赞美之间升腾。
我和诗歌间纯真的爱情，
在积累诗句中渐渐诞生。

我挚爱诗的艳丽和激情，
她是那纯洁和美的精灵。
在她钻入我心中的一刻，
我就对天发誓永远忠诚。
时刻紧紧挽着她的手臂，
走完自己那生命的历程。

我时刻漂浮在宇宙穹窿，
枕着那充满诗意的浮云。
今天的世界是梦想催生，
描绘着未来天体的朦胧。
只有诗歌的思绪和激情，
才能变换着春花和冬凌。

自从诗歌被赋予了生命，
就看到美好和丑恶并存。
诗人既有天使般的诗句，
也挥舞刀剑锋利的词韵。
我的笔下常常和风细雨，
但也有乌云、电闪和雷鸣。

复杂情感和语言的表达，
花朵眼泪和挣扎的灵魂。
秋天的喜悦飘浮在空中，
冬季刮来了强劲的寒风。
博弈调动起诗句的激情，
这就是诗人真正的使命。

注：该诗表达了作为一个诗人的情感，他对诗的热爱，对社会中的真善
美和假恶丑的态度和爱憎分明的品格。

大树——献给警察的诗

我愿做一棵大树，
立在高山上把岩石呵护，
扩张着浓密壮硕的枝叶，
阻挡那暴雨狂风的无度。

我愿做一棵大树，
在河边把堤岸牢牢抓住，
展开全身的每一寸根系，
对抗着惊涛骇浪的激怒。

我愿做一棵大树，
在花园里听鸟儿的倾诉，
蝴蝶和蜜蜂在翩翩起舞，
不能让害虫再靠近一步。

我愿做一棵大树，
让世界洒满阳光和雨露，
孩子们都能快乐地成长，
不让绿草红花沾染毒素。

我愿做一棵大树，
护佑着祖国人民的幸福，
挺胸张望着警惕地守候，
何惧那危机四伏的浓雾。

注：本诗是小说《叶赫食府》里的一首诗，它表现了人民警察保卫人民
的决心和胸怀。

我和祖国共命运

七十年前的十月是秋季，
解放江南的战斗还在继续，
战士们冒着枪林弹雨，
高喊着胜利冲向前去。
隆隆的炮声，震撼着祖国的大地。

开国大典安排在十月一，
天安门上灯笼高高挂起，
开国元勋们登上城楼，
长安街上队列整齐。
一个洪亮的声音响起，
向世界宣布中国人民的胜利，
从此这块东方古老的土地，
开启了崭新的世纪。

新中国诞生了，到处都是欢声笑语，
就在那一刻，我也降生在这块土地，
睁开了眼睛，使劲地呼吸，
我的命运，从此和祖国连在一起。

加入少先队，那是在小学一年级，
戴着鲜艳的红领巾，庄严地站在队列里，
我们五指并拢，向着国旗高高举起，
要知道，国旗鲜红的色彩，
那是千千万万烈士的血迹。

我们成长了，来到了中学里，
渴望着对科技知识的学习，
满脑子都是对未来的憧憬，
一下子就钻到了书本里去。
向雷锋同志学习的号角吹起，
共青团员，深深懂得助人为乐的意义。

我们从少年进入了青年，
唇边长出了淡淡的胡须，
你做工程师，我当科学家，
每个人的目标更加明确有序。
新的选择摆在我们面前，
大家向各自的目标奔去，

任何国家的发展，总会遇到困难和崎岖，
祖国在动荡，社会开始变得无序。
我们在激流中，和祖国一起摇曳荡涤，
随着上山下乡的号召，去接受再教育的洗礼。
在山沟、农村、草原和生产建设兵团，
青年们来到了更加广阔的天地。

是党扭转了航船的方向，
使国家走上了正常的航迹，
生活艰辛磨炼了我们的意志，
中国的列车继续向前飞驰而去。
我们从怀疑、彷徨中走了出来，
每个人都激动得喜极而泣。
抓紧抓紧，努力努力，
找回我们丢失的时间……去工作，去学习。

改革开放人们有了新的契机，
我们已经进入了中年人的时期。
怀着自己那颗依然火红的初心，
对伟大的中国共产党不离不弃。
在鲜红的党旗下庄严地宣誓，
奔赴到建设祖国的各个领域。

就像黑暗伴随着光明，
腐败往往攀附着富裕，
不要只看到一些蛀虫就否定一切，
祖国的未来一定会更加壮丽。

到今天，我的祖国已经七十华诞，
中国的变化是那样日新月异，
我和新中国同年同月同日生，
我的命运，和新中国在一起。
我们这一代，流血流汗奋斗了一生，
没有辜负父辈的希望，人民的期许。

注：这首诗，是诗人为了新中国成立七十周年而作。它记录了新中国的
成长，也写到诗人的亲身经历，是诗人发自内心的对伟大祖国的歌颂。

母爱

这个世界上的一切骄傲和光荣，
应该属于我们每一个人的母亲，
母爱给这世界带来阳光和温暖，
即使在那寒风萧瑟的氤氲严冬。

我的生命始于睁开蒙眬的眼睛，
立刻深深爱上母亲美丽的面容，
妈妈的臂弯用温暖和慈爱构成，
孩子们在梦里怎能不睡得香醇。

我是从小给母亲添麻烦的孩童，
她其实对这些颇为享受和感动，
全世界的母亲都是那么的相像，
最动听是妈妈呼唤孩子的声音。

没有母爱的帮助和无私的牺牲，
孩子成长将面对一片荒草丛生，
女人柔弱作为母亲却无比坚强，
世界最伟大的爱存在母亲心中。

母爱是润物无声的细雨和春风，
脑海里相伴你一生的笑语盈盈，
记忆中时刻能感受母爱的温暖，
那是你漂泊在天涯的缕缕思情。

母爱的力量胜过自然界的法则，
给予了我们远大的理想和真诚，
今天取得的所有的成绩和荣耀，
都应该归功于那天使般的母亲。

即使岁月让你的心灵蒙上灰尘，
母爱的清泉也能使你心底澄净，
我感到母亲是一株巨大的树木，
时刻在固守着我们家园的绿荫。

人们都会渐渐逝去自己的青春，
那友谊的绿叶也会遭遇到凋零，
而母亲对每个孩子成长的希望，
却永远地保存在她慈祥的心中。

每个妈妈都有纯真的爱子之心，
人世间最伟大的情感来自母亲，
最甜美的字眼发自人们的嘴唇，
母亲的爱将时刻伴随我们一生。

注：此诗为诗人在母亲节所作，歌颂了母亲的伟大和母爱的无私，母爱
是这世界上最伟大的爱。

我在时光的尽头等你

如果我先你而去，
我会在时光的尽头等你，
带着所有赞美的诗句，
望着苍穹里璀璨的群星，
回想着你在生活中的点滴，
留下的那些彩虹般美丽。

年轻时我对你做下期许，
就是一生的不离不弃，
山崖百花芬芳的摘取，
只是为了你一笑的甜蜜，
种下醉梦中盛开的荷花，
牵着手到荷塘中去寻觅。

如果我先你而去，
我会在时光的尽头等你，
这一生在我的心里，
你的轮廓是那样清晰，
始终带着勤奋的努力，
给全家带来了幸福的含意。

微风吹拂着成长的树干，
怀抱着孩子面露幸福的你，
无论所有的大小事情，
为家庭你付出更多的努力，
在孩子成长绽放的花朵之中，
全是母亲落下的柔柔细雨。

如果我先你而去，
我会在时光的尽头等你，
生活艰辛中你温柔的笑意，
孩子们已经成长得健壮大气，
真诚和善良仁慈与母爱，
把心中的欢乐给孩子传递。

就像泛舟茫茫夜色的阑珊，
我像一只疯狂迷途的马驹，
曾经去追逐社会的歪风邪气，
今天内心反省着自己的背离，
风霜染白了你我的头发，
和你地老天荒始终在我心底。

如果我先你而去，
我会在时光的尽头等你，
回忆当年你鲜花般的香气，
品味着两个人最初的相遇，
人生的道路曲曲弯弯，
我们早就说好永不分离。

今天秋风吹落了树的记忆，
莫要问今日已是何夕，
这里安静而无人打扰，
我在奈何桥无忧岸边的座椅，
等待着尘世里唯一的你，
用晨钟暮鼓点击爱的真谛。

如果我先你而去，
我会在时光的尽头等你，
那碗孟婆汤我一口都没喝，
为着留下我们一生的相许，
不管那凡尘无限的轮回，
我在生命的彼岸等着你。

照片

我从小就养成了一个习惯，
对各种照片都特别的喜欢
把我关心的报纸上的图片，
都剪下来收藏在本子里面。

慢慢地相册本儿越积越多，
现在已经和我的身高一般，
那是多么珍贵的家庭资料，
记录着国家进步我的改变。

就在国庆节到来的前几天，
我打开了家里保存的相册，
在那厚厚重重的相册里面，
有我和新中国成长的片段。

五八年报纸上有很多照片，
志愿军分批返回撤出朝鲜，
抗美援朝取得胜利的那天，
妈妈也回到了孩子的身边。

相册里有一张特殊的照片，
那是我从一张报纸上发现，
学生们在博物馆集体参观，
是新中国的工业成就展览。

汽车拖拉机炼钢厂高压电，
还有解放军的飞机和舰船，
这张照片的角度拍得真好，
那是我站在展览图版前面。

我小心地把照片裁剪下来，
贴在相册里最显眼的那面，
经常对伙伴得意讲述几遍，
把自己夸得就像英雄一般。

自然灾害降临到我们身边，
给年轻的国家带来了困难，
就像一棵小树风吹又雨打，
人们节衣缩食度过那三年。

有一张原子弹爆炸的照片，
蘑菇云升起在西部的荒原，
中国人终于可以扬眉吐气，
我们用核武器来保卫家园。

我从报纸上剪下来的照片，
汽车背着煤气走在城乡间，
全国人民齐心努力去奋斗，
迎来继续前进和艰难发展。

这时我进入激情澎湃阶段，
学生戴着袖章在全国串联，
大家举着红旗唱着语录歌，
走东闯西可真的是开了眼。

长征队举红旗在天安门前，
同学们洋溢着青春的笑脸，
每个人都摆着胜利的姿势，
那是学生们"最风光"的阶段。

上山下乡横幅挂在火车站，
车站站台上真是人海人山，
年轻人初生牛犊豪情冲天，
父母告别的眼泪都在打转。

心中也有离开家乡的眷念，
一张照片拍摄了很大场面，
只要仔细找一找就能发现，
我的脑袋被挤在车窗旁边。

在农村我们都叫知识青年，
大家在农田劳作任劳任怨，
盼着有一天能再回到城里，
和自己的家人完整的团圆。

真的没有心思拍什么照片，
一年劳作只够吃个半饱饭，
咱们兜里可是没有什么钱，
那时知青的生活真是艰难。

改革开放到了一九七八年，
恢复高考我奋力学习钻研，
终于我站在了大学的门前，
照片里像刚刚走出幼儿园。

四年学习时间就在一瞬间，
走向社会开始自己的实践，
家庭孩子都成了社会成员，
大人孩子开始有很多照片。

从布纹儿相纸的小麻点儿，
到黑白相片亮亮的光面儿，
自己家里添置了傻瓜相机，
随意地把家庭生活来渲染。

慢慢地出现了彩色的照片，
生活中也开始和彩色做伴，
数码展示着美丽的大自然，
呈现时代飞跃的五彩斑斓。

人的一生可真是在转瞬间，
现在我们已经退休好多年，
两个孩子在外地工作打拼，
给我们添加了家庭小成员。

现在家里的人口翻了几番，
全家福照片孙子都在身边，
今天生活使照片越来越多，
把家里的墙壁通通都贴满。

党的政策使人民生活向前，
照片也有过去穷困的心酸，
看着全家那些愉快的笑脸，
在新中国生活是多么美满。

注：2019 年适逢新中国成立七十周年，特写此诗纪念。

文学的艰辛

我感觉到
从事文学创作的艰辛，
因为面对的文化
是如此的凋零。
多少种著作
带着科学思辨的理性，
却始终无法
与无聊的虚幻抗争。

有多少作品
把深爱人类当成使命，
用美妙的语言
去洗涤朦胧的灵魂。
若是每个人
都认真地捧起书本，
整个宇宙
都会被中国深深感动。

我们并不缺乏
擅长思索的作家诗人，
将文学看作
哲学思维的魂灵。
因为所有的人
在健康成长的过程，
文学有着认知世界的
坚定使命。

高尚的文学
是最美好的天使作品，
健康的内容，
可以洁净我们眼睛。
男子汉
应该拥有史诗般的气魄，
女孩儿们
可以塑造着柔美与安宁。

总在担心
我那微不足道的作品，
对读者表现的
不够谦卑与虔诚。
用我天生的温厚
以及后天的隐忍，
把历史的艰辛
完整地告诉人们。

写出美好的未来
是愉快的事情，
引导人们
自己掌握生活和命运。
每次笔下
都是向无知庸俗挑战，
人们阅读作品
就是向欢乐迈进。

要知道
成功者的经历不可复制，
那些心灵鸡汤
永远在天上云中。
真正的富有
是心中的文化积淀，
只有丰富的底蕴
才能辛勤地耕耘。

世上种种低劣庸俗
以及那故作矫情，
那些虚假欢乐
带来的浮光掠影，
众多思想的贫弱，
追逐金钱的陋行，
内心的痛苦，
触动着诗人不屈的良心。

财富不一定
会被赋予有天赋的人，
真正的作家
不要为金钱去耕耘。
诚实的作品
暂时不被大众接受，
与作家为伴
可能是终身的清贫。

当我们创作的灵魂
在受难之时，
也是艺术
被精雕细琢进入顶峰。
不管周围的世界，
用什么来应对，
内心始终充满着
人性的温存。

美好的文学
代表作者真挚的心灵，
创作的欲望
燃烧在诗人的心中。
坚持文学的理想
就是作家的生命，
把生活都融合在
文学诗歌之中。

注：作者对中国文学的现状深感忧虑，现在的文学创作十分艰难，阅读量下降，年轻人不愿意看书，诗人十分忧虑这种现状的未来发展。

淡然的黄昏

树木的成长
就好像人的一生，
小树柔弱地挺立
在风雨之中，
经历过几十载的
寒霜和雨雪，
终于长成枝干粗壮
和叶繁茂盛。

慢慢地你
也开始拼命地扎根，
在周围
已经出现了幼苗丛丛，
要为他们日夜地
去遮风挡雨，
撒下枝叶
是为小树增肥长身。

能看到树枝
渐渐扩大了绿荫，
是你们不断努力
付出的艰辛，
终于到了
树皮粗糙沟壑重重，
这才注意到
自己重叠的年轮。

生命就是这样
在宇宙里轮回，
小树同样会
由茂盛变成凋零，
每个人
都是那棵渺小的树苗，
混沌在宇宙
那瞬间的红尘中。

不论你选择
自己熊熊地燃烧，
还是慢慢地
由腐朽化尘的从容，
这世间
任何分子的撞击组合，
都是一次
轰轰烈烈生命的过程。

带着与生俱来的
善良与真诚，
面对着生活
带来的荆棘丛生，
心中常有
对未来的美好憧憬，
你周围就会呈现
自然的圆润。

入冬的树木
已历经无数沧桑涨停，
宁静得像池水
进入严冬结冰，
不论寒风肆虐凋零，
磨难是多么曲折困顿，
只把淡然的微笑
全留在心中。

从不羡慕别人
那种眼花缭乱，
也不贪恋
阿谀诱惑的市井，
今天的我们
已经深深地懂得，
仔细用心触摸
黄昏中的安宁。

我们收纳着

生活的纷扰与安宁，

把善良谦和

保持到生命最终，

保持那种安静的心情，

感悟一滴水珠，

那奔流到大海的

清澈和从容。

注：四季入冬，人也进入了老年时期。诗人对过去的感慨和年轻时的回忆不时交替出现，只好去寻求心灵的安宁。

未来的焦虑

我不想讲述
未来世界故事的离奇，
宇宙穹窿
已经描绘出全景的危机。
现代的人们
被空洞的感觉所困扰，
头顶上星空
变得虚幻遥远和两极。

看着愚昧和懒惰嬉戏，
耳边是怨天尤人的话语，
眼前滚动着无数的
虚幻低俗潮水般的信息。
所谓的智者用十足的肯定
说些无聊无知的话语，
人们透过玻璃屏幕
接受那强大的 App。

即使是你寻找到
任何一段未来的信息，
都会让人激动无比，
激励着你的向往和惊奇。
机器人在不断地提高
社会的生产力，
地球上人们盲目地
加快了脚步向未来奔去。

人们前瞻地设计 AT
和机器人的体系，
把人类劣根遗传给机器
作为自己智慧的延续。
在未来世界里
机器也会贪婪和自私，
大自然将会对人类的草率
处罚得更加严厉。

人和机器的社会
要如何谨慎构思和设计，
如果机器变成人类的主人
那时所有都是无用的忧虑。
那个时代将是人类的终结，
最担心出现的词汇
是人类和机器地位颠倒，
人类变成机器的奴隶。

无法用言语表达
未能掩盖的痛苦，
前方的社会
已经在向未知的歧路而去。
这仅仅是
神经敏锐作家的感觉，
他内心的焦虑
像无法去确定的瘟疫。

没人愿意为
技术进步做科学期许，
人类短视无法避免
世界出现危机。
这些机器人的危险
霍金再三提醒，
电脑自我更新速度
人类总是忘记。

未来涉及子孙后代的
生存和继续，
国家的竞争
丧失了人类社会整体。
在敌对中已经使世界
失去了真正的活力。
人类难道真的要成为
关在笼里的奴隶？

注：这是诗人在他的科幻小说《电脑骑士》里的诗，表达了诗人对盲目
发展科技、对未来世界的忧虑。

音乐的奥秘

音乐可以称作是人类语言的万能，
这种语言催生着人类细腻的感情，
她能够触及我们刻骨铭心的记忆，
是能被人理解和与之交流的精灵。

简单音符的叠加使人欢快和轻松，
无法解释清楚心灵的震撼和触动，
音乐比智慧和哲学有更高的启示，
世界在音乐表达中得到再现完整。

因为音乐这种艺术就其性质而言，
有着直接推动生理而作用于神经，
音乐的魔力使人对未知有所感悟，
使世界上不可能的事物变成可能。

音乐是不侵害道德和宗教的享受，
唯一能完整表达各类人们的内心，
音乐语言有着深刻内涵淋漓尽致，
她能触摸到我们深藏的真实感情。

融合大自然的音乐是情感的苏醒，
那是来自天堂里蕴含生命的精灵，
让人呼吸到充满愉悦透明的空气，
感受人生的旅途充满鲜活的灵魂。

音乐可以比作是美丽芬芳的花朵，
希望让她伴随在整个生命的过程，
美妙的乐曲把沿途装饰得更美丽，
生命与音乐结合会使人感动终生。

感人歌声留下的记忆是多么久远，
深深地留在脑海里那美妙的情景，
音乐是最能品味热爱生命的渴望，
带给人们的生活多么清新和纯净。

音乐的词汇就是那诗歌般的深情，
思绪常会被歌词和音符陶醉其中，
都说诗就是寄寓于文字中的音乐，
音乐则是那诗句发出的美丽声音。

音乐已被大师们表现得如此温馨，
使无法形容的优雅存在作品之中，
而我希望被音符所束缚独享其乐，
无论是开心和失落都静静地倾听。

音乐能把内心深处情感安慰抚平，
使我们忘记悲伤给予力量去前行，
能够超脱寻常人无法自拔的苦难，
音乐是心情的艺术音符直入心境。

要能参透那音乐内涵的真正意义，
便能超脱寻常人无法自拔的苦行，
很多音乐的表达无法用语言描述，
却是人们不可能保持沉默的精神。

音乐艺术真正意义在于使人幸福，
在寂静的地方唤醒那内心和灵魂，
音乐是沁人心脾最纯的感情火焰，
是生命的血管中鲜红血液的流动。

诗歌与诗人

我热爱诗歌所发出的美妙音韵，
诗句是文学语言最纯洁的精灵，
从诗歌钻进我心中的那一刻起，
我发誓挽着她优美娇若的手臂，
走完自己文学生命的道路历程。

是诗歌用她那激昂振奋的声音，
把人们沉睡和麻木的内心唤醒，
让优美的韵律去擦亮你的眼睛，
诗人高举诗歌披荆斩棘的英勇，
就在那一行一行的诗句中诞生。

人们想象诗人漂浮在宇宙穹窿，
他头下枕着那充满诗意的浮云，
美妙的梦想在催生诗句和激情，
思绪里时刻带着那春天的温馨，
脑海里描绘着诗情画意的朦胧。

要知道诗人穿梭于文学的生命，
艰难跋涉于诗歌所占有的光阴，
不时就会有着优美的文字诞生，
可那轻松曼妙诗歌的创作过程，
却是他心灵煎熬和疲惫的旅行。

文学奔波在现实主义的道路上，
诗歌希冀站在理想远方的云层，
人们双脚立于现实的土地之中，
心里却在做着无法实现的梦境，
诗人却在表现人们真实的人生。

向心灵的阳光和明媚努力前行，
诗歌就必须不停地与丑恶斗争，
文学生命就是良心的拼搏抗争，
诗人的灵魂往往是独往的人生，
让诗歌追逐的脚步去奔向光明。

好的诗歌被赋予了真正的生命，
世间的美好往往是与丑恶并存，
诗人就是天使和魔鬼集于一身，
我的笔下有的时候是细雨和风，
但更多的是那狂风电闪和雷鸣。

诗人用诗句去滋润人们的内心，
我为人们送出一捧阳光的子种，
诗歌的步伐会踩出深浅的脚印，
留下明媚便会开出鲜艳的花蕊，
布下善意就会绽放芬芳的心灵。

有些诗歌的句子十分蹉跎沉重，
生活的坎坷许多挫折疲于奔命，
伴随着诗句去奔赴阳光的清晨，
心中的温暖会结出甜美的果实，
用奋斗的葱郁护佑纯洁的灵魂。

美妙诗句是飘浮在空中的喜悦，
抵御着那不时刮来刺骨的寒风，
诗歌中复杂情感和语言的表达，
那是花朵的眼泪和挣扎的灵魂，
诗歌无穷魅力的根系就是诗人。

回忆朋友

看着眼前又是一年的白雪霜天，
那寒风穿过枯叶孤雕飞越云山。
人生中旅途归程已经快马加鞭，
此时总要频频地回首追忆当年。

花朵落去四季还是会轮回开遍，
生命中一些朋友已经不再遇见。
走不出往昔取叶摘花那种情感，
擦抹不掉当初一路同行的惦念。

我们的经历如一片清晰的信笺，
写在心里的名字永远清晰可见。
有些事情那时候看似寻常平淡，
多年后会悟出朋友的情谊无边。

过去一些小事我永远无法遗忘，
在艰难时刻朋友的那一份承担。
相互之间的那份友谊纯净甘甜，
让我们小心翼翼地珍藏到今天。

心中的无奈就在于人生的遗憾，
尽心竭力真诚地挽留岸芷汀兰。
友谊深厚的朋友已经离我而去，
他们远走了再也不能相聚身边。

那些终将成为无法追溯的过去，
往事只能逐流而去像瀑布飞泉。
一生追求真理正义去嬉笑怒骂，
我们曾经意气风发地执酒仗剑。

珍重友谊也珍惜眼前的每一天，
在珍重的告诫声中送别了昨天。
都知道没有人能永远相互陪伴，
人生的离别总是心中悲泣难免。

心中细数那些相处的滴滴点点，
都曾倾情相待过每一段的陪伴。
我们是真挚的朋友也就是亲人，
温馨和暖意会永远留存在心间。

读书的清雅

认真读书是你清雅的风骨，
追寻知识是热爱人类的态度。
选择知识不去追求网络的世俗，
只有阅读才懂得社会如何进步。

读书的状态不是逃避与虚无，
安静的阅读是清雅生活的心路。
不为喧嚣的市井去改变自己，
必须内心知识底蕴充盈自足。

高雅的音乐会让心灵轻轻起舞，
来一杯清茶静静地读一本书。
人生若奋进书中有广阔的天地，
心无烦恼的最佳是洁身自处。

书本中有着博大丰富的世界，
宇宙不只在身外还有文字和画图。
捧着书中的字符而心动和落泪，
全身心投入游弋在书海之途。

从历史凝神回到现实的深山云雾，
感受生活中小溪缓缓和激流瀑布。
安静阅读永远是宇宙和谐的姿态，
这就是人们常常说的——真酷。

影响你成长的是那些世界名著，
上千首唐诗宋词的韵味十足。
文学的积累一定要静心读取，
若得人间美玉自要进入黄金屋。

书中的愉悦是自由呼吸的舒畅，
伟大的情怀引领你把理想倾诉。
优秀的书籍使人心沉静下来，
莫要将温暖心房的阳光遮住。

人生悲喜输赢只是你的心态，
动荡和起落都是短暂的一幕。
阅读的生活自有天地恒久于心，
丰富的知识来源于饱览群书。

具有清雅品味的人都很内敛，
这种气质更是无形魅力的外露。
自己永远用很低的姿态行事，
这才是那种难能可贵的风度。

读书积累能量为自己找准位置，
抓住转瞬即逝的机遇和时刻。
人生中得到和失去一样珍贵，
只有知识是世界上真正的财富。

守住内心的平静

伟大的雨果有句话广为流行，
世界上最宽阔是海洋的身影，
比海洋更宽阔是蔚蓝的天空，
而比天空更宽阔是人的心灵。

人生最优秀的修养就是宽容，
不去嫉人之才也不鄙人之能。
这样既不是懦弱也不是忍让，
用察难补短扬长谅过来待人。

生活中人们不可能诸事顺意，
人总是有各种苦难考验相从。
不畏惧将来也不念过往顺境，
成长不乱于心奋斗不困于情。

用更多力气去迎接新的挑战，
就必须做好心理调节和休整。
把生活看成是个人生的轮回，
安抚好自己照顾对方的身心。

愿你在不幸中学会慈悲为怀，
人就可以活得轻松愉快开心。
愿你在寂寞平静中学会宽容，
宽恕别人缺点就会风平浪静。

鱼在水里能自由自在地畅游，
能忘掉水的存在而飞越龙门。
人可以不为自己心情所拖累，
鸟的飞行不必知道存在顶风。

油盐酱醋奏响了生活的乐曲，
人生等着缩短与时间的里程。
很多问题只要换个角度思考，
你会发现生活立刻变得轻松。

觉得人生有很多烦恼与忧愁，
其实那只是被你的心情操纵。
无论发生什么请先善待自己，
切不要去做心里自扰的庸人。

有时真会忙到窒息都不得空，
觉得自己就像在夹缝中生存。
喘不过气的时候就应该放弃，
去闻花香看看红叶听听鸟鸣。

用心付出的一旦无法去挽回，
那就不必再千方百计地费心。
要有那心宽似海的人生态度，
不要去埋怨自己和怨恨他人。

若是执着于已经逝去的东西，
就是常说的竹篮打水一场空。
最遥远的距离不是生死离别，
而是那个人内心的云淡风轻。

如果觉得心烦就应该弄明白，
念念不忘唯有放下方得平静。
小人物确实有小人物的烦恼，
大人物也有不能避免的悲辛。

与其遇到一点小事逢人倾诉，
不如寻求方法自我排遣心中。
面对烦恼如何从这其中反思，
在烦恼中觉悟静静聆听心声。

总有什么事情让你怒不可遏，
如果觉得愤怒切记保持冷静。
更多时候你恼于别人的自私，
把烦恼要看淡对欲望要看轻。

世间每个人都有亮丽和阴影，
你应该忽略掉那些琐事烦情。
愤怒的情绪会降低你的智商，
不要把仇恨留在你的生命中。

变化的现实总使人无所适从，
这些都影响着你当下的心境。
莫要让自己成为情绪的奴隶，
更不要让生活羁绊自己的心。

好好守住你自己内心的平静，
当你一生回望来路千帆过境。
很多不愉快其实不过是如此，
人生何必纠结放下便是天晴。

三亚的海滩

不要说，
三亚大海的深邃蔚蓝，
那朝阳的绝韵清辉，
就在眼前。
远处缥缈着，
如云若烟的雾影，
像在空中，
俯视大海那种梦幻。

海边的建筑，
映衬白色的沙滩，
鳞次栉比，
沐浴着文化的经典。
白天诱惑，
装点着海边的容颜，
妩媚你神经的是，
七色的海岸。

这是祖国最美丽的，
南海之滨，
海岸的绵延，
就像美女的曲线。
这里淳朴的人们，
生活了千年，
海南那秀丽多姿的，
河流山川。

大海幽深的颜色，
太过于浓艳，
葱郁的椰树，
映衬白云和蓝天，
海边人群汹涌成，
色彩的浪潮，
一波波热烈的红，
和沉静的蓝。

回首丛林中，

耸立的五指神山，

散落的岛屿，

露出诗意的笑颜，

捧起海水，

先让它亲吻我的脸，

全身静静偎依在，

温柔的海面。

大海极致的美丽，

把夜色渲染，

海上皎月初升，

天涯一片湛蓝，

抬头看着，

那两情相悦的婵娟，

温情款款的月光，

撒落在海面。

海天一色下，
南海不惊的波澜，
海风梳理着，
波涛的发丝淡淡，
夜色下那大海，
渐渐归于平和，
晚风吹拂着，
椰影婆娑的岸边。

夜幕徐徐落下，
未来就是明天，
迷蒙着巨轮，
灯光闪烁的星点，
我躺在，
夜已深沉无人的海滩，
让那有节奏的浪涛，
将我催眠。

脑海中，

椰林海风帆影和沙滩，

还有那海天一色的，

烟波浩瀚，

梦想中的天堂，

就在我的身边，

在天涯海角，

写下赞美的诗言。

历史的魅力，

在我记忆中穿行，

那振奋的感觉，

突然全身布满，

古老的城市，

经过现代的洗礼，

最美色彩，

就绽放在你的眼前。

中国发展变化，

令人眼花缭乱，

海南的今昔，

令所有世人惊叹，

一湾海水三面土坡的，

小渔港，

今朝却是，

琼楼玉宇碧花连天。

凡·高的伟大

夏天深浅浓淡的绿色，
绚丽的色彩，
交织得那么炽热，
一种饱满的生命张力感，
相比其他季节，
显得那样浓缩。

这样的感受同样出现，
欣赏法国油画大师
凡·高的画作，
印象主义的杰出代表，
珍贵的画面，
热烈而又静默。

他在绘画上的艺术成就，
对色彩的创造
与表现的健硕，
对艺术凡·高的热情似火，
他的作品
是近代艺术的杰作。

凡·高在短暂的生命里，
甚至在精神失常
状态下生活，
还不断创造出，
一个个多彩绚丽，
一幅幅熠熠发光，
新世界的彩色。

每当我研究
凡·高的绘画艺术，
给我们以新的启迪
和灵魂触摸，
波浪般急速流动的笔下，
真正构成他绘画的特色。

他使用鲜艳
和火辣辣的色彩，
有运动感
而连续不断的利落，
表现自己独特艺术
手法的媒介，

形体塑造方法，
于传统之外的摸索。

他是那个时代，
最富有热情的人，
最抒情的画家，
使用娴熟的笔墨。
世间的表情中，
迫切性和吸引力，
都具有一种
惊人的诗意之诺。

大自然生命中，
神秘的升华，
凡·高迫切地希望，
将它通通捕捉，
一个个充满狂热
和甜蜜的谜底，
他希望自己的艺术，
能够将其吞没。

凡·高对于世界的热爱，

悲壮又深沉，

他追逐的艺术，

是那样纯粹至极而过。

当时的世界，

抛弃了这位伟大的画家，

但是这一切，

并不是凡·高的过错。

把一切优美的画面，

留给人类，

凡·高的热情和纯粹，

狂野而沦落。

真正的艺术家，

总是疯狂偏执和孤独，

我用一首小诗，

来把他纪念述说。

贝多芬

我们都熟悉的那位，
音乐家贝多芬，
伟大天才出生在德国，
西部的波恩，
世界并没有料到，
这个年轻的孩童，
竟然创作出，
天堂乐曲和美妙歌声。

父亲从小鼓励他，
游走在音乐之中，
提琴和钢琴，
是他音乐启蒙，
随便地弹拨和倾听，
奠定天才基础，
神童的表现，
十分令人震惊。

贝多芬七岁，

在音乐会上登台演出，

十二岁，

首次发表自己的音乐作品，

那年，

跟随维也纳的音乐大师学习，

他的老师就是，

伟大的约瑟夫海顿。

去维也纳之前，

他到过很多的城市，

八岁的稚嫩年纪，

他独身前往科隆，

在莱茵河和美因河上，

游览和观光。

十二岁贝多芬，

开始音乐巡演过程。

四处演出，
经过莱比锡和德累斯顿，
贝多芬恰巧来到了，
德国首都柏林，
在德意志国王二世面前，
登台演出，
他终于迎来了自己，
最辉煌的人生。

年轻时贝多芬，
出现过耳聋的病症，
那时的他在维也纳，
已经非常有名，
虽然他只能用内耳，
倾听后期作品，
但他仍然孜孜不倦地，
创作和勤奋。

他的音乐，
给德国留下深深的烙印，
他的脚步，
遍布德国的平原和山村，
故乡波恩位于，
丘陵起伏的中莱茵，
作为自然爱好者，
他是最好的启蒙。

作为完美主义者的，
作曲家贝多芬，
总在不遗余力地，
润色自己的作品，
他将音乐带出，
皇家宫殿贵族家庭，
首次演奏在，
平民大众的音乐厅。

一八二七年，

贝多芬在维也纳离开人们，

参加他葬礼，

几乎是全城所有居民，

贝多芬对世界音乐，

产生深远影响，

他献身音乐，

用了自己整整的一生。

他留给后世，

三百四十多部创作，

很多交响乐曲，

和那些庄严的作品，

包括钢琴协奏曲，

弦乐四重奏，

小提琴协奏曲，

和大型的歌剧等等。

伟大的贝多芬，

在全世界得到公认，

对音乐影响，

有他无与伦比的作品，

贝多芬从自然中，

去汲取创作灵感，

这就让他有了，

一个旅行者的身份。

贝多芬，

情感丰富的令人难以捉摸，

他的音乐，

真实诚挚充满着戏剧性，

他的歌曲，

总是领先于所处的时代，

显示出他的，

远见卓识和革命精神。

音乐是维系世界人民，
情感的纽带，
更多的是，
那些贝多芬的音乐作品，
中国小学的语文课本，
就有月光曲，
还有那首脍炙人口
欧盟盟歌欢乐颂。

我时常闭目，
静静地欣赏他的作品，
那些跳动的音符，
触碰着我的心灵，
他在音乐史上，
写出了重要的篇章，
世界人民，
才能把伟大的作品聆听。

米勒的艺术

法兰西这片广阔的土地上，
伟大的米勒创作很多作品，
从牧羊女到喂食和拾穗者，
人们看到农村生活的艰辛。
能感受到这些朴实劳动者，
他们灵魂深处高贵和坚韧。

米勒是位穷苦潦倒的画家，
二十多年居住在家乡农村，
上午在农田里辛苦地劳动，
下午有时间去画几笔写生。

他烧制木炭条做画笔作画，
毫不逊色人们景仰的作品，
像妈妈教女儿织毛衣那幅，
画面人物就如圣母和圣婴。

巴黎居住与挣扎的十二年，
作为磨砺与检验一种人生，
确认了哪种生活属于自己，
哪一种方式更有情感使命。

米勒决定回到自己的家乡，
用朴素的笔那颗朴素的心，
绘出农民朴素的人性本质，
米勒是农民中的艺术之神。

米勒的油画有柔和的情调，
一切笼罩在半透明的朦胧，
画面始终充溢静谧的美感，
人物洋溢平凡生活的由衷。

他并不仔细刻画手足眼睛，
画中勾线与用光极为高明，
将人物所有的神态与表情，
历历呈现在若隐若现之中。

画面上那些山峦花草树林，
村庄里泥土小溪牛羊鸡群，
那些若有若无该有的轮廓，
所有细节表现得恰如其分。

用没有来表达存在非常难，
笔在有与无之间自由摆动，
技艺臻至笔触是那么温情，
米勒是实实在在平凡的人。

米勒笔下众多女人与孩子，
朴实没有炫目的白衣白裙，
没有画里轻盈如羽的飞翔，
全是穿着粗布衣服的跃动。

女人在田地里站立或劳动，
婴孩在家中玩耍进入梦境，
散发令人心醉甘甜的味道，
如降临在人间圣母与圣婴。

唯把爱当成使命的艺术家，
才会有许多入微画面生动，
每一次笔触都是爱的播散，
再现的就是他自己的家庭。

他与妻子相濡以沫的一生，
虽然清贫劳作是那么艰辛，
他们养育九个健康的孩子，
生活在一起多么幸福温馨。

母亲照料着婴孩灯下缝补，
教他们读书织线画面层层，
每看一遍心都要沉醉一回，
艺术家眼中有不同的使命。

做饭和在田地劳作的场景，
画面直接切入的情感之深，
画面勾魂摄魄般把你吸引，
笔触更是十分端庄与神圣。

米勒的画在田间弯腰劳作，
沉默衣履厚重的农妇农人，
朴实神态竟然脱离了凡尘，
庄重面容就是他笔下农民。

那些作品带着神奇的灵性，
是他情感对劳动者的虔诚，
画面静穆与端庄最为仰慕，
那幅晚钟永久保存卢浮宫。

方寸画出田间劳作的夫妻，
至纯至美与神和大地呼应，
小幅作品有史诗般的气魄，
见到画作的人都会被感动。

国家不懂得他的艺术价值，
米勒去世以后很长的时间，
政府花巨资购回那幅晚钟，
现在法国国宝是米勒作品。

有的人看艺术是哲学思辨，
把艺术看成美是嗜美之人，
宗教情怀视为自己的宗教，
米勒认为艺术是爱的使命。

这句最有深度和谦卑话语，
调动起每个人信仰的温情，
世间所有艺术都充满了爱，
米勒的画面弥漫柔和安宁。

茶之雅俗

茶为俗世雅物，中华千年长存，
饮茶有规矩，文化沉淀其间。
江湖里茶道世俗，就要豪气冲冲，
商贾茶饮客套，只在分毫利盈。

茶需要炒制，自然带凡间火气，
做君子更需磨炼，也要火燎烟熏。
这便是，自古用伦常以茶喻人，
为世间之道人茶之论，标榜文雅人生。

采撷来嫩尖翠叶，自是云雾山中，
带着那晶莹剔透，露珠润雾晨。
茶叶要变身成茶，需要烤制几经，
方为成茶品，终是精细磨炼过程。

沏茶之时，沸腾之水滚滚泄不尽，
茶叶以娇弱身躯，去举托满杯的沉重。
青叶真似为人处事，稳重下落，
翩翩沉底方见，茶水香味略成。

感受到那种淡雅，审美之趣情，
浸润纯净中，中华文化气氛。
涵养着杯中博大，精神世界，
茶道终成道德高洁，提升着茶香茶韵。

茶饮的低调，要保持器具优雅洁纯，
不饰那粉黛，是天然雕琢神韵。
不求那杯碟华丽，但要朴素干净，
茶香悠悠，水雾缭绕浅斟慢品。

生活中是清晨品茗，那是必要的部分，
午后茶让人感到，舒适而又轻松，
下午饮，让身体觉得舒畅解乏，
壶中宙，收藏了无数悠闲时分。

饮茶终与处世哲学，结合红尘，
做事要保持谦和，低调而沉稳。
茶文化价值的行为，首要是心态，
茶哲理是，儒释道综合的底蕴。

在茶里精神愉悦，能让人从容，
茶中艳而回味，绵长香而不浓。
中国茶显示高雅，以文化育人，
生活中心态好，自然快乐年轻。

茶中友喝茶，坚持要常品常饮，
古今论清茶常饮，生命渐年轻。
茶物质的功效，确实已经证明，
消烦恼抗衰老，养颜又致美容。

喝茶人谈吐文雅，而宠辱不惊，
在茶里多内敛，温婉柔和安静。
饮经年就开始变得，十分沉稳，
定而慧慧而悟，静而安安而定。

细饮茶就会散发，淡淡的雅气，
茶长喝做事风格，也渐渐形成。
惯喝茶端杯品饮，泡茶有程序，
喝茶人虽简，规矩必须要遵循。

茶天然人淡然，茶性俭不奢华，
茶友们喜淡雅，麻色衣安静心。
幽居静茶桌茶壶，水沸香书亭，
终形成，茶礼茶德茶道茶艺情。

讲究多茶道细节，检验品茶之人，
茶喝多处世态度，当会焕然一新。
举咖啡坐墙角，谈论未来时节，
端茶杯聚一起，只叙旧时乡情。

若诚然喝茶人，不急躁不激进，
沉心思考世事，看淡高远之人。
胸宽广容之心，传承中华传统，
饮茶味要观看，茶客点茶品茗。

无论如何再忙，只要茶壶一泡盈心，
看香气逐渐散，丰满萦绕窗棂。
茶香源不在双手，而自在你的心，
各自杯中赏，红绿黄黑茶中。

清爽味入舌唇，慢慢流淌心中，
竹林中轻音沁魂，心脾缭绕若风。
清晨起淅淅阴雨，使人十分烦闷，
淡淡芳香茶饮，令人倍感温馨。

注：茶是人们生活中不可缺少的东西，它既是饮料，又是食品。人们喝茶品香，内心却是追求着精神上的舒畅。

音乐之美

音乐对于我来说，
就是高雅的灵魂，
每每听到乐曲，
就激发丰富的感情。
音符跳动会调动你，
身心变得激昂，
更多时候，
音乐会带来安然和宁静。

音乐可以表现，
人性的阳光和阴暗，
音乐会为你，
摘下面具而袒露人生。
让你沉浸在，
乐曲所描述的境界里，
感动得难以自拔，
而使人泪水涟涟。

音乐能为你诠释，
不同阶段的情感，
音乐能安慰人们，
苦乐参半的人生。
那些澎湃的情感，
需要酣畅地宣泄，
人们需要音乐来抚慰，
累累的伤痕。

施特劳斯的乐曲，
像山间泉水叮咚，
贝多芬就是那，
夜空里闪烁的星辰。
莫扎特的音符，
如同活泼轻盈的精灵，
威尔第和弦着，
宇宙中的天籁之音。

真不敢想象这世界，
若是没有音乐，
那会是怎样的枯燥
与乏味的生活。
音乐的性格里，
同样有粗犷和柔情，
品味那美妙的乐曲，
令人回味无穷。

施光南的美妙，
常常不经意间感到，
傅庚辰总是带来，
满怀惊喜与感动。
谷建芬能瞬间唤醒，
那些沉睡往事，
徐沛东的旋律，
让你立刻热泪奔涌。

寂寞时用交响乐，
调动伤感的悲情，
压抑时用轻音乐旋律，
把疲倦放松。
音乐懂得，
沉淀在岁月深处的美妙，
世间没有能超过音乐的，
抚慰包容。

用美妙乐曲来安慰，
我疲惫的心灵，
感觉这世界，
立刻就变得好静好静。
当清澈的琴音，
从你耳边轻轻滑过，
一直工作的心脏，
如同停止了跳动。

乐曲充满丰富和细腻的
情感波动，
让美丽的景色，
在音乐里展现面容。
流淌动听的奏鸣，
给人以无限遐想，
音符就像
飞舞在五线谱上的蜜蜂。

听着音乐，
我就有飘然出世的感觉，
庄严的音乐，
缓缓奏响在宇宙苍穹。
音符随着心动，
而唤起伟大的理想，
我步入神圣殿堂，
与音乐定下终身。

让文学更有深情

文学是建立在自我之外的平等，
内心充满对读者的温柔和深情。
这是文学作品的基本机制心理，
作者应该是具有深厚情谊的人。

感谢文学这个世间神奇的鸣钟，
这种方式包括头脑、心智和眼睛。
在这个充满金钱利欲的世界里，
去引导人们拥有博爱重视亲情。

优秀作品的描述能够穿越时空，
把真情送给那些还未出生的人。
文学中讲述美丽或悲伤的故事，
那些故事里表达着善良和忠诚。

这份深爱就是作者的仁厚之心，
用诚实的作品去传播自由平等。
善良往往与读什么样的书有关，
就如同泰戈尔崇尚挚爱的精神。

地球被野心家们弄得四分五裂，
人民最大愿望是实现世界和平。
有的书里在传播着狭隘的仇视，
给读者阳光是每个作家的责任。

作家言语思维和文学创造能力，
并不是抽象到脱离真实的世界。
那是人的智慧上升层次的延续，
世界永远不会停止的转变过程。

巴尔扎克揭示社会的文学著作，
雨果关怀那些拼搏一生的人们。
歌德描写出困苦生活中的诗意，
鲁迅在薄情世界里探索深情的本能。

像普希金那样诚实地讲述故事，
狄更斯激发着读者整体感的形成。
大仲马将碎片重新合成的能力，
凡尔纳从粒子中推导整个的星云。

今天的社会破碎了真诚和良心，
海明威把良知碎片整合和更新。
马克·吐温在刻画着概念的根本，
莫泊桑的真情使地球加快转动。

博爱是人类心理渴望的共同，
人民追求平等不断地诠释过程。
文学的顽强火炬做到振聋发聩，
这个世界每件事都有是非分明。

文学的世界是一个单一的存在，
就像一元宇宙的概念那样无限鲜明。
作者和读者扮演着同等的角色，
应该为所有读者展现心中的真情。

我时常怀着内疚和羞愧的心情，
博爱和民主早在我们的心底成型。
爱因斯坦曾经说过，在这个世界上
个人虽然非常微小，
可他的群体是强大的组成。

人性的良善和需求不要被漠视，
作家们多创作那些迎接朝阳的作品。
描写花开的四季送给安然的世界，
让文学真正具有那样美好的深情。

注：这是作家对自己的反思，他经常反思自己的作品，找出其中的瑕疵，
才能使自己提高和进步。作家心中时刻不忘把爱带给广大的读者。

快乐的钥匙

保持愉快的心情那是一种智慧，
人们是否经历过这样的过程。
总是觉得怎么都做不好，
时刻带着生活总比别人差的心情。

这就是被情绪所缠绕的沉沦，
随着时间的推移便能发现真情。
即使人们四处去抱怨同时后悔万分，
却改变不了事情的既成定论。

世间的事都有自己的美好，
更应该关注的是自己的内心。
花儿不会因为人们对它的喜爱，
就一年四季地开放，不会在凋落时艳丽盛颖。

人们心中都有一把快乐的钥匙，
但我们却总是在不知不觉中交给了别人。
跟着别人的情绪去走，
使自己的心情失去掌控。

人这一辈子别轻易否定自己，
不可用别人来做自己的标准。
就好像用他人的错误来惩罚自己，
要学会和自己的未来去求真。

不论是繁华还是沉寂的人生，
都属于自己缔造的蔚蓝天空。
那里有属于自己的美丽色彩，
其实生活的快乐就在自己的手中。

世上看百花繁茂森林里青草旺盛，
一定不要让别人控制自己的心情。
人们难以做到事事十全十美，
只有善待自己去拥有那快乐的人生。

认真做自己善待经历跋涉的生命，
奋斗的路上你会遇到很多的人。
更多的是一个人艰难地行走，
努力去平复自己焦躁的内心。

燃烧的火焰与你的梦想无关，
人不能因为心态而狗苟蝇营。
生活绝不会因此而变得更好，
人生的快乐就是你奋斗的过程。

成熟的人能握住快乐的钥匙，
将自己的快乐与幸福带给他人。
不要让不满影响我们的情绪，
快乐的钥匙只在你自己手中。

秋天的爱

落叶翩翩，才明白心中的牵绊，
是记住了那夏日山坡上的花冠。
那朵藏在草丛中粉色的小花，
树叶在秋里盼望花的温柔相伴。

落叶在欣赏秋季花朵的美艳，
浮云能懂得一缕风儿的挂念。
一段话语能慰藉心灵的无助，
相伴着彼此温暖和深情依然。

生命不在于走进哪一个季节，
爱情的吸引相互去获取甘甜。
纵然热浪滚滚抑或白雪漫漫，
爱的激情能量可清凉亦取暖。

走进你时只想获得一片云彩，
你却给予了我整个天空的湛蓝。
你真诚地敞开了美丽的心扉，
任我飞翔遨游玫瑰般的空间。

四季的花朵月月都盛开鲜艳，
碰到了你让我爱的心甘情愿。
相约的真心就是要付出真情，
为对方流血流汗也毫无怨言。

温情的话语流露了激情的喜欢，
爱的道路前往未来急行不断。
时光里的柔眸似水深情相望，
没有冷漠只有热忱柔情和温暖。

有雨的夜里我喜欢与音乐为伴，
将心中所有的烦恼搁置在窗前。
安静的自己生命中常常无言，
难以忘怀你与我默默地相伴。

没有人保证天空不会有阴霾，
人间还没有不会恼人的语言。
两个人总会产生隔阂与矛盾，
用沉默谦虚和礼让去爱得坦然。

接受她较真儿和骄横的表现，
心中有爱那无理就不是荒诞。
从不计较是在于情深而微笑和释然，
深情着一种极致幸福的无言。

凝望着一池碧水手握那一份懂得相恋，
所有的美好都聆听花开的期盼。
在心中牢牢地铭记无须去多言，
瞬间定格在两树合欢的淡然。

秋院里的诗

开篇

已经觉察到，深秋走近得渐渐，
不再是趾高气扬的，绿翠红嫣。
雨水淅淅残荷莲蓬，芦荻淡淡，
繁华已落尽，就在那顷刻之间。

枫叶又已红，举目望秋爽深蓝，
看排成人字南飞，展翅的大雁。
四季轮回在催促，岁月匆匆散，
伤感的人们，不断在低声嗟叹。

低首回想，那初春花朵的惊艳，
思念夏日的深情，杨柳在顾盼。
无奈挽留不住，时光飞速如箭，
秋红冬白的相遇，将何时变换。

晨思（夫人）

岁末之秋，晨风送来收获画卷，
蓦然回首，方如初见人生漫漫。
夫人站在楼阁上，落寞在窗边，
秋晨淡淡，独倚着忧伤五更天。

孤寂清晨，是不停破碎的想念，
放不下那，时时被惊吓的心酸。
触摸着久不愈合的，累累伤痕，
却舍不得，离别时的信誓旦旦。

记得将军卿卿我我，轻摇小扇，
两情相悦倾心，恩爱已二十年。
十里长亭，夫君带兵远赴征战，
喝一杯别离的酒，是多么苦涩难咽。

悲午（大小姐）

莫道秋风不销魂，肆意荡卷帘，
憔悴的自己，瘦比黄花尤为干。
午时暖阳想起，夫君何时回还，
禁不住神伤黯然，泪水湿衣衫。

往昔英俊少年，你我齐眉举案，
情意多相契，真是神仙携侣眷。
一朝征战分开，幽幽别离愁恋，
日日的忧伤，分别在北国秋天。

今又菊香盈袖，何时举家团圆，
只盼着朝阳漫天，再把盏言欢。
秋风穿越，只盼爹爹与你凯旋，
任思念的长河，穿过寂寥无言。

晚泪（二小姐）

深秋的暮色，落日晚霞映西园，
多情自古伤离别，冷落清秋晚。
凄切蝉鸣，回想兰舟别离那天，
二人惜别泪眼，心有万语千言。

山一程水一程，何为功名做官，
人生难得一相知，暮霭沉渐暗。
南京赶考，君行三月无人相伴，
烟波浩渺，不知何时才能相见。

即便是满腔柔情，能与谁相欢，
酒醒后身居何处，冷月清辉现。
再也见不到，至美景色宜相伴，
一轮残月，萦绕着寂寞杨柳岸。

夜梦（三小姐）

夜风骤起，看到与你对酒欢宴，
轻歌曼舞，你我相拥斟酌深浅。
同行山水迷雾，携知音手相连，
桃花十里，与你对酒柳下春暖。

异地他乡学习，你我也为同班，
佳节留恋西风染尽，二人同衫。
春来草青，深秋已至叶飘飞燕，
花开花落人世跌宕，蹉跎风险。

东篱黄昏之夜，时逢秋悲寂寒，
两人相携，步履缓缓舞步向前。
你我融情于景，借景抒怀吻面，
忽然惊醒，原来全是夜梦再现。

心静（大儿媳）

褪去夏之燥热，深秋已经出现，
生命之中，中年总是缺少时间。
夏天文字多美，腹稿散文诗篇，
尚未整理词句，遗忘尽在秋天。

懂得欣赏风景，频频回头便远，
把握爱情，不然感情只在瞬间。
故事尚未开始，又能如何讲完，
人生相互总是错过，误会多遍。

不知错过，今朝如何还想昨天，
已经有些凉意，秋风送来秋晚。
无论秋来夏去，总是季节更换，
换了景色，想你心中已然改变。

情思（二儿媳）

世间爱情故事，飞蛾扑火不断，
长相思的结局，多少守望空转。
隔着秋天的距离，松子落空山，
是谁用多情的笔，幽人应未眠。

没有姹紫嫣红，少了葱茏绿边，
优雅的少妇，那美丽还是依然。
眉间少了清纯，到了丰盈中年，
不张不扬，恰到好处美得淡然。

黄昏本该很美，倘若彩霞出现，
幽幽暗香何来，嫣红落花满肩。
繁花的盛开，你无法知晓来年，
枝叶落地时，谁是真正的温暖。

反思（小儿子）

把沧桑的枝叶，写满秋的诗篇，
四季比作人生，那秋便是中年。
秋怀的包容，是中年人心变淡，
更多是经历过后，厚重和沉淀。

从前做事，天马行空鲜衣怒马，
秋风吹过枝头，而今终是沉淀。
懂得人生收敛，今如菊花心淡，
繁华背后只有落寂，入冬寡鲜。

秋天阳光，给天下人最后温暖，
枝叶渐渐凋零，也有盛开花团。
秋花没有浓郁，透着质朴点点，
散发微微香气，犹如灵魂一般。

诗媚（大孙女）

光阴入秋，水流月影一窗安闲，
秋是静寂的美，秋景放眼观看。
星光可以陪你，烟花绚丽婵娟，
找到自己的内心，寄托和忆念。

秋的一怀情思，是那样不起眼，
时光的匆忙，把葱郁绽放搁浅。
秋天月圆，缠绵悱恻相思写满，
那样跌落，用古人的文字渲染。

秋雨随落叶，刻画着风骨严寒，
寂静让世间，所有的喧嚣离远。
轻易便可触摸到，那秋水长天，
云淡风轻，诗意和远方的明天。

秋情（二孙女）

远山依旧葱绿，想象这个秋天，
经历怎样事，和怎样的人遇见。
也许会看到，早开的梅花红瓣，
或在桂树下，采撷那桂花串串。

该是在后院，初升明月的顾盼，
那送衣的人，是你的风雨陪伴。
也许会在枫红霜降，红叶飘飘，
以备防秋寒，为那人收集温暖。

要走多少路，去看红尘多枝蔓，
赏过多少风景，方能懂得期盼。
看山水静享秋月，一生等一人，
秋情懂得，何为对真情的怀念。

爱秋（小孙子）

人生如梦，我爱过盛夏的绚烂，
多情的秋，橙红青绿欣喜遇见。
生命中，无论相逢了哪个季节，
都是缘分的安排，人生的灿烂。

无论看到，春夏两季花的盛放，
还是秋冬落叶，在枯枝上颤颤。
这都是最好，四季本就是由天，
就像与秋重逢，定然与你相见。

人生山重水复，总有离合聚散，
又何必去问，叶的零落在秋天。
是树的冷漠，还是风不去挽留，
存一半温暖，薄凉岁月的风烟。

养神（老夫人）

时光放久，心中便读无字书简，
也许人要学会接受，心无波澜。
放弃过去之情，收藏该是今天，
人生本就不易，珍惜眼下姻缘。

可是年龄增长，心中默默使然，
家庭儿孙康健，再无任何期盼。
人们友情来去，面对十分淡然，
如今生活起落，学会承受果断。

光阴成就，我的冷静平和无欢，
也许是，这路上走得太为靠前。
匆忙中顾不上，触摸光阴几许，
期待明年，慢慢再去赏花逛园。

秋感（老翁）

秋凉阵阵袭来，便有晚风吹寒，
开窗手端花盘，清凉便绕指间。
秋寒气势无棱角，中秋挂月圆，
老眼昏花树影间，为何叶影变。

繁花似锦虽好，落叶更要喜欢，
生活终要沉静，一切归于平淡。
秋凉时节莫忘，深情自在人间，
春花夏木草禾秋，蓬勃在笑颜。

见人终不乱，过往将来已交换，
如此便是真懂得，藏一份冷暖。
唱一曲离别歌，问候一下再见，
秋冬相逢不识，春夏各自为安。

平凡（老管家）

秋天的山花，绽放得那样自然，
没有雕琢，开在山谷道路旁边。
在阳光下，尽情地伸展着腰肢，
诠释大自然的物语，盛放美颜。

给他人以力量，自己保持平凡，
感激普通人，敬畏生命到永远。
在民间有那么多，美好的记忆，
活着做好自己，就是人生圆满。

树叶爱上秋风，注定叶落枝断，
红叶在凉意秋风里，笑声连连。
因为有过茂繁，所以无悔无怨，
坦然飘飘落地，因为有爱心间。

结尾

体量思念的温度，清冷的秋天，
萧瑟的秋风，引发离别的绵绵。
所以有幸读到，沁人美篇佳句，
去聆听众多名家，婉约的心田。

秋风十里，不如与你对酒当歌，
回忆如梦佳期，似水柔情缠绵。
不待归期，分别人生挚爱长久，
双人花影桑梓，悠悠静听轻弦。

注：这是一组家庭组诗，描写一座秋天的大宅院里每个人受到季节的影响，
用诗来表达所思、所念和心理变化。

相守时光

天气渐凉季交之时暑去晨霜，
清扫掉心灵中一生的凄凉和悲伤。
抛掉那些曾经让你感到的痛苦，
把折磨自己的琐碎事情相忘。

过去所有的不愉快让它全都消失，
让自己的心田里再没有荒凉。
把每一个太阳升起的日子，
都当作崭新的一天，
把美好的种子精心种上。

看看岁暮已经离我们不太远了，
总是觉得时间走得太快太慌。
没来得及细数自己做过什么，
还没感慨过峥嵘岁月的辉煌。

让每分钟成为最耀眼的时刻，
莫要再蹉跎无精打采的模样。
在最后的年月里去全力以赴，
我们新的征程刚刚扬帆启航。

秋天是进入休养生息的时节，
春天采花欣喜夏日闻香疯狂。
到了秋季就是人生收获的时节，
审视自己的果实和最后美妙时光。

常回想一生落叶总是要枯黄，
没有忘了自己来时路有多长。
人生付出多少心血方有今天，
莫忘了自己曾经是如何成长。

不论在外面受过多大的委屈，
不论你面对选择有多么迷茫。
日复一日地吃着家里的饭菜，
幸福的模样是和老婆去唠家常。

回想走弯路不知失败多少次，
家是给你温暖和停泊的港湾。
没有气馁再次出发拼搏奋斗，
那夜里总有一盏灯为你点亮。

一起经历过艰难看世间烟火，
人生的百味苦涩一起去品尝。
这一生自从拥有平凡的邂逅，
一辈子把清风朗月与你共赏。

今天我们蒹葭苍苍白露为霜，
所谓伊人白发苍苍还在水一方。
我们在月光皎洁下柳枝摇曳，
在波光粼粼西湖边露水凝霜。

还要去观赏枫叶红云层林尽染，
看大雁南飞秋叶落下一片金黄。
但愿人人能长久空中婵娟亮，
岁末深秋都好你我不再彷徨。

与一个温暖真诚的人相遇相知，
能陪你看山川大海一生相望。
她能为你携手而行劈柴羹汤，
相依相偎抵御风寒此生共享。

山河继续浩荡，宇宙灯火辉煌，
愿你的岁月里不负美好时光。
一生都去珍惜相伴身边的人，
在未来的年月牢牢相守相望。

人生坚强

人生本来是一场拼搏奋斗的过程，
不论你怎样想变换那世间的红尘。
当你遇到困难内心是怎样的交织，
你会遇到世俗鄙视和抛弃的感情。

不管人间遭遇怎么样的冷暖人生，
岁月的沧桑旅途又如何坎坷艰辛。
心底始终都要有一缕朝霞的阳光，
我们的灵魂就会迎来那一片光明。

这就是始终应该坚持的人生信念，
时刻要留给自己一份最好的心情。
迈向未知世界每一种心情和脚步，
都在实现我们的希望那辉煌的人生。

漆黑夜晚的方向总是朝向着黎明，
点亮心灵的太阳阳光会洒满心胸。
温暖着心扉腿上更有攀登的力量，
无论山高胜于昆仑终是登山人为峰。

尘世里的喧哗总是风浪推着云涌，
黑与白的较量不能左右善良的心灵。
睿智是需要淡泊的温暖掌握在心中，
不要随意去埋怨那总是沉默的光阴。

时光喜欢去掠夺我们光华的年轻，
岂不知浅薄的只是表面虚浮的人生。
生活中总是无法让你活得尽遂人意，
可是最深刻的富有是自己丰盈的内心。

有坦荡的心怀用缄默的姿态做人，
经历四季的交替不争花落和花盈。
月亏月圆都悄然收置在自己心间，
喜悦与烦恼经历世间的苦乐种种。

时光就像是一个充满智慧的老人，
要懂得给自己轻松去承载悲喜的光阴。
时间分秒都在书写着写意的生命，
先有一个平静的心再做平凡的人。

红尘世界里的喧哗是天籁中的杂音，
在浮华里尽力地克制岁月纠结心铭。
只有心不乱意不癫步步足迹前行，
人生就是在时光当中艰难地成功。

能够坚持下来便是你真正的智慧，
应有那大海一滴水的胸怀和人生。
用涓涓的细流汇集成大海的波涛，
用坦荡心怀去奉献就是生命的厚重。

若用人生锻炼成淳朴谦恭的态度，
低调的身姿承受着生命的波澜不惊。
克服世俗放飞储藏在心中的幸福，
人生的旅途就会充满快乐的从容。

无须给自己找来那些无谓的烦恼，
读书行走和感悟用知识历练心灵。
那些繁华红尘往往只是虚幻萦空，
懂得用世间的百味挣扎出真正人生。

无法把人生的磨难全部都隐忍，

先要学会和拥有不骄不躁的心境。

失去的从不惋惜悲伤，得到的也不张扬高兴，

在阳光里静静地安放那颗快乐的心。

心的距离

如果看到，
两个年轻人在相恋，
他们耳鬓厮磨，
轻声细语而谈。
注意了，
只要一人的嘴唇一动，
对方就知道，
什么蜜语和甜言。

因为他们的心，
贴得很近很近，
几乎是心与心，
完全粘在一起。
只是用那耳语式，
无声的说话，
心中的爱，
却像大海波涛一般。

恋爱中人的嘴，
只是用来亲吻，
那眼神就把甜蜜，
传递到心间。
到后来，
根本不需要什么语言，
所有的沟通，
都在这意会之间。

可是当人们
在生气的时候，
愤怒会把心的距离，
推得很远。
两人相距咫尺，
心却相视不见，
为使对方能够听到，
必须去喊。

千万不要让，

愤怒的魔鬼再现，

更不要让，

人们心的距离变远。

一定要等待，

自己的愤怒平息，

等心的距离，

已经拉近再去谈。

为什么明知道，

别人就在旁边，

为什么人生气时，

说话总要喊。

难道你不能，

小声和蔼地讲话，

为什么还要，

张牙舞爪地瞪眼？

人们丧失了理智，
就在那短暂的瞬间，
所以大家，
就会高声地去呼喊。
但是喊的同时，
会更加的生气，
更生气心的距离，
就会更远。

心远了，
自然用愤怒提高音量，
让遥远的心灵收到，
那愤怒和遗憾。
在这世界上，
心是一切的根本，
伤害对方的心，
则会心远离散。

在人们争吵时，
那激动的交流，
就是用身体晃动，
和刺激的语言。
这时心的距离，
已经无法计算，
停止了心灵之间，
气息的交换。

人们应当控制好，
低沉的情绪，
到心平气和，
才是沟通的阶段。
请保持你们，
一段时间的沉默，
这个时候，
不要用暴怒的身段。

切记不要，
轻易地去指责对方，
没有足够的智慧，
去洞察全面。
要了解每人内心的
喜怒哀乐，
去真正体谅，
别人的苦辣酸甜。

每个人，
因为生活环境的不同，
成长时，
对社会认识的那一面。
不要一味随意地
指责和批评，
这样给双方，
都带来伤害无边。

人与人的交流，

不光是用语言，

发光的眼睛

和笑容灿烂的脸。

和谁交往，

都要用善良的心态，

人类是用心灵，

来把世界温暖。

注：心的距离是用爱来衡量，爱少了自然距离就会加大，浓浓的爱会让两颗心紧紧地贴在一起。

爱到深处

那些不知不觉中，流逝的时光，
岁月洗涤着，远逝的往事清凉。
冬晚的月亮，冷冷地挂在天上，
给大地留下一片，白色的光芒。

记忆中，你显得那么清瘦阳光，
能感到有一股温情，留在耳旁。
冷冷的是，冬天那呼吸的声音，
可还没看到，雪花飘飘的模样。

没有那梅花落肩的，南国风情，
风沙与孤独，在这里伴我心伤。
无非都是，梦中的朦胧和遗憾，
乌兰布和的月亮，穿越了时光。

不管怎样，有美好回忆的相框，
真正的爱情，已经离开这世上。
我正在急着行路，到你的坟前，
将心灵敞开，去悲伤痛哭一场。

刚到学校，就发现美丽的面庞，
忠诚于你是我，对爱情的信仰。
我懂你，对我真正执着的爱情，
我对天祈求，把你的生命加长。

是我对你播撒下，爱情的种子，
牵着手，游入爱情大海的波浪。
相信我们的缘分，比大海还深，
可社会封建意识，像长城那样长。

岁月中执着于，爱你情深的我，
同样是，执着于和你的爱情辉煌。
我人生的目的，只有爱你一个人，
珍惜和你在一起的，短暂的时光。

我的梦中，常有你来坐的时候，
知道你非常喜欢，在我的身旁。
在我的梦境里，寻求爱的温暖，
是你赐给我，五彩斑斓的阳光。

曾经我们同赴，一场生命盛宴，
我压制不住，飞蛾扑火的疯狂。
感情如春后的蔓藤，缠绕生命，
指尖不由地，描摹着你的模样。

渐渐在我的灵魂里，融入了你，
看到你的眼睛里，有我的影相。
还接收到，你心底深处的心语，
一眼的钟情，就直落我的心上。

就这样变成了，一辈子的牵挂，
缕缕温情，影响彼此生命模样。
对你的深情，我有淡然的微笑，
凤凰涅槃，只是为再次的绽放。

喜欢想着，你坐在我的书桌旁，
心中爱的浪花，又飞溅起波浪。
这种久违的牵挂，已成为幻觉，
泪水在，冷冰冰的坟墓边流淌。

注：这是小说《乌兰布和的沙枣树》里的诗，是男主人公在女友的坟墓前，为所爱的人写的爱情诗。

懂得秋情

大家总在说，人要懂得秋情，
秋天，才有多彩变幻的风景，
你看秋天的急雨，秋天的微风，
秋天的热烈，还有秋天的寒冷。

昨天还是满山的，翠绿浓浓，
转眼之间，就是遍野的金红，
往往秋天有，累累丰硕的收获，
常常也会有，秋天果实的落空。

山坡花朵刚绽放，小草返青，
一夜秋寒，就带来漫天霜冻，
令人百感交集，又疼爱的秋情，
表现四季的，春暖夏艳和雪冬。

这是人们看到，秋天的情景，
香山落叶，懂得秋叶慨然成风，
终于等到，白雪皑皑进入枯冬，
秋天其实像，一个完整的人生。

秋情变换着多彩，即将收获，
秋情转瞬去，那些伤感离分，
想要得到回报，就得认真付出，
想要赢得人心，就得以心换心。

秋情是，人生奋斗中的艰辛，
最深的记忆，总是风雨兼程，
成功带来喜悦，失败一片凋零，
秋情感人，那起伏变化的人生。

秋情代表，交往的冷暖人心，
人生四季，总会遇到很多人，
秋情使人认识到，人心的多变，
从相识相知，到记不住名和姓。

有多少爱，开始时海誓山盟，
有多少情，只徒留一段曾经，
爱情是真心换来，靠奋斗成真，
没有真爱的人，只会无影无踪。

朋友间不懂珍惜，离开真情，
亲密者不知理解，交往无心，
只要感到心暖，感情没有标准，
相处没有形式，全凭自然轻松。

有人愿意听，秋情就是温暖，
母亲的关怀，就是家中秋情，
秋情是孩子对父母，真情依恋，
人生父母慈爱，感到家的温馨。

秋情使人懂得，温暖的心怀，
在生活中，感怀有爱的人群，
心里事有人愿意懂，就是真情，
苦累心酸，只要有那博爱的心。

注：秋情代表了人的一生，所以懂得秋情，就是懂得自己，懂得生活，
懂得爱情和友谊。

光阴的承载

人生就是，
奋发努力和心态从容，
无论思想深邃或浅薄，
身份富贵与清贫。
无须和谁去攀比炫耀，
只要自己谨言慎行，
若已懂得这些，
便能在光阴承载下前行。

生活中遭遇过，
许多跌宕起伏的黄昏，
经历磨难，
人的挫折不计多少远近。
抛弃徘徊和犹豫，
无惧路途的艰辛，
道路弯曲和坎坷，
只要你奋力去挺进。

如果能把纷杂的事物，
归于简单，
就像葵花一样，
对太阳时时紧盯。
一路行走，
虽然沐浴着风霜雨雪，
还是会以坚韧的毅力，
直面长空。

经历过许多，
阴晴圆缺的人生，
那些夹杂痛苦的泪水，
都在笑容之中。
就在那辉煌之下，
也掩藏着很多失落，
光鲜中，
还掺着无言的伤痛。

总是不尽人意，
让人思索费神，
初衷的执着，
是向往蓝天的雄鹰。
如果能把深奥的道理，
归于寻常的普通，
就能引领我们的脚步，
走向未来的光明。

一路行走，
感受着许多的聚散离合，
领略了分去和别情，
令人忧愁重重。
人生没有，
十全十美总难完整，
经历陶醉和留恋，
还有更多的迷茫和困顿。

一路行走，

咀嚼了许多得失和成败，

就像鱼儿迷恋碧水，

重重舒展那豁达的心胸。

如果把欲望的追求

能归于平淡，

让我们脚步快些，

赶往阳光的清晨。

体味了许多，

荣辱兴衰沉浮起落，

有花开叶谢，

还有繁华与凋零。

那些喧嚣与寂寞，

更迭着酸甜苦辣和阴晴，

催促我们的脚步，

努力拼搏锦绣的前程。

如果把理想的事业，
能归于平凡，
像流水心系大海，
有着明澈的心境。
一路的行走，
阅遍许多风景世事，
认识到人间的许多责任，
和更多的使命。

青丝变成了白发，
在沧桑的成长中，
从幼稚变得沉稳，
在成熟中开始弄懂。
如果把心灵的栖息，
都归于禅意的归来，
人便由虚荣变得真诚，
这才能在释然中修行。

像落叶一样，

有化作泥土的奋勇，

以淡泊的姿态，

启迪我们去从容。

社会总在交替，

忙于对应的红尘，

希望这繁复杂纷的社会，

永远徜徉在阳光之中。

茶礼

杯中品的是清茶，
尝的是生活艰辛，
人们走的是道路，
体验的却是人生。

喝茶能让时间慢下来，
让自己心静，
喝茶之人，
常处于想象的缥缈之中。

茶喝得年头多了，
生活的滋味满盈，
想看茶被制作经受的，
那凤凰涅槃的英勇。

你要经历热锅炒，
冷水浸泡的过程，
再有炒制揉炼后，
那才能作茶之称。

美好的一天，
一定要用茶来相伴提神，
静心品清茶，
生活总要自己来放空。

饮茶的世界里，
时光会让茶慢慢品，
那是因为，
很享受喝茶的时光安宁。

茶有独特的感觉，
在流动的茶汤中，
那超凡的气质，
喝茶人读书都是与众不同。

茶文化的内涵，
是和中国的文化而论，
当然是中国的文化精髓，
极具鲜明。

通过沏茶赏茶闻茶，
饮茶品茶等等，
这些中国文化的特征，
把茶文化形成。

礼在中国古代，
用于定亲疏规官民，
这种礼节现象，
就是茶文化的精神。

古时候对茶文化的制定，
多为文人，
唐代茶神陆羽，
系统总结了茶经。

作为中国社会，
对礼赋予新的内容，
把习惯与形式，
融合在国人生活中。

唐代以及唐以前，
茶叶的生产饮用，
他们提出了精行俭德的
茶道精神。

礼的道德规范生活准则，
这些文化传统，
对国人精神素质修养，
有重要作用。

与儒道佛的哲学思想，
进行深度交融，
逐渐使人们体会，
这些领域里的精神。

古时百余位诗人，
创作的茶诗流传至今，
从而把中国茶文化，
那些基础奠定。

讲究饮茶用具，
饮茶用水煮茶过程，
非常重视那些烦琐的规定，
茶的道德规范文化精神。

茶为一种植物，
可以解百毒可食用，
是老年健康长寿饮品，
饮用最佳顺。

中国茶道的主要内容，
讲究为五境，
即茶叶和茶水，
火候茶具美妙的环境。

唐时茶文化，
制定的法则就要遵循，
克九难，
即为造别器火水炙末煮饮。

茶乃天地之精华，
民间还可作药用，
因此道家常常有，
多为茶顺为茗品。

中华茶礼文化，
是茶与文化有机相融，
茶礼文化，
在茶艺中结合人的精神。

茶礼文化茶为载体，
是传统文化的内容，
茶礼文化是千年保存下来，
中华文化的组成部分。

注：茶文化的深远和茶礼是分不开的。喝茶讲究仪式感，本身就是礼节的体现，只有懂得茶礼才称得上懂茶。

善良是最好的修养

生命的贵族，
把别人永远记在心上，
任凭岁月流逝，
滴水之恩也不会忘。
时刻都记着，
应该涌泉相报的恩典，
而把别人对你的伤害，
写在沙滩上。

潮起潮落自己要释然，
让心学会飞翔，
阳光明艳而动人，
其实那未必是真相。
不让一切留痕，
不再记恨，褪去随浪，
不再耿耿于怀，
有恨不如心存善良。

人生走过这一程，
有晴天也有风浪，
不给别人添麻烦，
就是给自己蓝天阳光。
人生学会释然，
自己也留退路一方，
这样的人生中，
每天都充满了希望。

只记着仇恨，
这件事既辛苦又凄凉，
而爱一个人，
犹如甘霖浸润在心上。
爱可以使心情愈加柔软，
把人性放亮，
用岁月之手，
翻阅每一天的明媚朝阳。

觉得那风景如画的窗外，

十分令人向往，

风景不是今天才有，

宇宙亿年辉煌。

如水的年华，

静许纯净善美在心底，

过去的故事，

风中吹散那雨雪风霜。

每一颗沾染了灰尘的心，

原本善良，

最终能尘埃落尽，

犹如花一般绽放。

人生真正最美的是心情，

人们始终敬重着善良，

和那人性的敞亮。

大家都是时间的过客，
请不要随意张狂。
阳光总是美好，
无数星辰反射光芒。
所有美好的景色，
又被未来去复制，
所有的故事，
都把善良流传和推广。

用善良去抵消，
这尘世的诸多晦暗，
在时光的深处做一个，
深情的相望。
我的岁月，
有你的温柔留下了痕迹，
保留一颗柔善的心，
为我们心中的太阳。

文学中的超越

光阴荏苒，
我那心海深处的花香正浓，
纵然初春，
也要好好对待读你书的人。
是否能找到一个，
写全新故事的基础，
一直在想着，
文学有没有创新的可能。

故事是普遍的，
植根于大自然的包容，
经受生活的切割，
依然有炽热的内心。
在粗粝的打磨后，
是多么的难能可贵，
从窗外的角度看问题，
设法远离中心。

不管生活给予什么，
都会坦然地接受聆听，
留给大家的，
只有科技带来冷酷无情。
雨果笔下的，
卡西莫多亚米契斯的爱心，
勃朗特的简·爱，
将情感真实告诉心中。

没有故事超越，
沉默寡言的自我内心，
没有这样的故事，
展示彼此之间的真情。
抛掉那些被广泛接受，
毫无新鲜的世俗，
希望有第四人称的叙述者，
带来一种全新。

他自然不会只是，

参加语法结构的搭建活动，

而是囊括了整个社会，

每个角色视角的创新。

有能力去跨越，

每个人物的观点瞭望星辰，

看得越多视野更广，

具有忘却时间的功能。

我认为这样的叙述者，

他应该就存在宇宙穹窿，

一直在想，

历史上谁是最先讲故事的人。

是谁把那混沌世界，

还有开天辟地讲得如此完整，

我们就要找出，

描述了创造世界的人。

思考这个问题，
要抛开所有的神学疑问，
形成一个支点，
任何事物的角度都可以提供。
温柔的叙述者，
拥有是那样不可思议的象形，
纵览万物的角度，
意味着对事实的承认。

能纵览世界也预示着一种，
对世界文化要承担责任，
这些都与时间的姿态有关。
是谁最后做出了决定，
使所有存在的事物，
将连接为整体的穹窿，
现在从你我开始，
不要再变得有争议的区分。

应该相信那些碎片，
因为是碎片在创造星云，
以多维复杂的方式，
描述更多的事情。
故事能够以无限的方式，
相互进行参照和修订，
角色跨入了彼此的故事，
建立了联系的核心。

混乱从秩序中分离，
那个明白宇宙起源的人，
他明白创造世界的思想，
能解释所有的疑云。
坚定地记录下这是好事，
那些未知的语句惊人，
这些联系目前还是未知，
只知道一定有那个人。

现在世界正在变成，
所有事物和事件的丛林，
在网络广阔空间里，
没有真实的生命。
茫茫而孤独的我们，
任意由宇宙在做决定，
走来走去摇摆的思路，
去理解被束缚的命运。

历史和未来的演变，
已经被网络视为无形，
肤浅和仪式化的环境，
正在消灭我们人类的灵性。
成为简单的物理头脑，
和经济的追随者，
我的创作中，
世俗已经使思路，
像僵尸一样不再行动。

在文学的世界里，

竟然像物理一样存在生硬，

我迷恋着能联想事实，

也寻求文学丰富的感情。

如今的故事，

必须有多维和丰富的心，

现在我的头脑真的枯竭了，

希望去寻找另一个星球生存。

注：作者一心努力在文学中，找到一个突破口，但是不能如愿。当今的
文学一步步走向式微，令人唏嘘不已。

博大的温柔

温柔的目的，
就是温暖对方的心灵，
因为温柔用形体艺术，
来改造人们的内心。
是分享着善良的人类，
经验感受的艺术，
由此永恒地发现，
同感之处的生存。

编写的故事，
意味着赋予物体生命，
赋予了世界，
以微小碎片存在感情。
正是这些碎片，
映照着境况和记忆，
有生存空间，
和被表达时间的可能。

温柔让与她有关的事物，

都拥有个性化，

让这些事物，

都有发出声音的可能。

温柔是人间爱的表达，

最谦逊的形式，

可这种柔情，

无人信仰也无人引用。

观察非自我的东西时，

它便出现了身影，

那是出现在，

作家深度描写的作品中。

不会招致犯罪念头，

挑起嫉妒之心，

是我们小心的凝视，

一种存在的可能。

关怀它脆弱的独特，

无法抵挡的痛苦无形，

温柔是自发无私，

它超越了我们的同理心。

温柔对另一种存在，

深切情感的关怀，

她略显忧郁的泪痕，

有意识的共同分享命运。

温柔会感知我们之间，

纽带的相似一致，

温柔是人们感知世界，

那种方式的不同。

展现这世界的生机，

鲜活地相互连接沟通，

合作与相互依赖，

就在世界与自身。

注：温柔代表了人世间广博的爱，这种大爱会通过每个个体的表现，而温暖这个世界。

诗姑娘

你来到我的世界，
惊艳了我文学的翠绿，
我接受你的艳丽，
实现了我生命的期许。

要是早一步，
我还在咀嚼文言文的词句，
而晚一步，
我会为唐诗宋词转身而去。

上天注定的机缘，
总有一千次擦肩等你，
在那滚滚的红尘中，
今生终于与你相遇。

世间再没有什么，
能超过你的美丽，
相逢和结缘，
我们在歌德的浮士德诗里。

从此牵挂有了对象，
思念有了寄存之地，
为你呼喊壮丽山河，
去浩瀚星辰宇宙游历。

被埋没在时光的荒野，
纵使有一天的回忆，
我心无怨无悔，
有了可寻觅的境界无迹。

只因你的出现，
灿烂了我生命里的激情，
我是个追逐远方的诗人，
与你不离不弃。

三月江南温婉可人，
十里桃花春风随雨，
梅花绽放沁人心脾，
转身瞭望白雪如玉的冬季。

你的眼睛，
比我遇到所有的星辰都美丽，
你的模样，
是我所见过最美的风景旖旎。

诗姑娘如画般妙曼，
山河大海星辰都是你，
天下所到之处，
我的心都由衷的欢喜。

一生用臂膀挽着，
时而激情时而温婉的你，
锅碗瓢勺一蔬一饭，
喜怒哀乐油盐柴米。

刀光剑影血肉横飞，
闪电雷鸣暴风骤雨，
你我紧紧相随不舍，
行走在远方的诗情画意里。

长相厮守，

诗姑娘是我生命里的灵魂曲，

痴心一生，

都追随在美妙的诗里，

留下的诗，

篇篇都是世人虔心所许。

追诗一生，

诗是人生路上最美好的话语，

望断天涯，

诗的远方又开启了夕阳之旅。

珍惜自己

年轻时看着生活的繁华似锦，
留恋那眼花缭乱的美妙人生，
今天才明白一切都不能重来，
这是每一个人都面临的事情。

当你经历过风雨走过多半生，
那岁月的蹉跎和冰雪及寒冬，
忘了拥抱美丽清晨时的激动，
只记得手里握着淡淡的黄昏。

无数次看到那清晨旭日东升，
已经习惯了生活里琐碎事情，
日子过得平淡简单而且杂乱，
回首过去难免很多遗憾在心。

年轻不懂友情总以喝酒为真，
到头来受伤还是自己的身心，
几十年推杯换盏的以酒论友，
喝坏了胃也没交到朋友知心。

跑赢岁月却常常弄丢了自己，
记着所有烦人琐事甲乙丙丁，
唯独忘了自己是人生的主角，
迷蒙世间这无法重来的一生。

一本书中看过这样的一段话，
珍惜伴侣热爱自己也爱家人，
爱使我和家人能感觉到亲情，
爱着自己伴侣家里处处温馨。

人这一辈子最重要的是什么，
有人说是财富有人说是感情。
这些确实重要但若没了健康，
这一切都是镜花水月一场空。

年轻不懂得珍惜自己的身体，
年过半百身体就打不起精神，
本想留点时间游历五湖四海，
发现已是满身疲倦无法再行。

倘若你不想去伤全家人的心，
那就请你不要酗酒爱惜身心，
倘若你想得到家人真挚的爱，
那请你学会要自己变得精神。

人活一辈子未必要大富大贵，
好好吃饭好好睡觉康泰身心，
其实这些便已足够强身健体，
最朴实的柴米油盐蔬饭清新。

不仅需要有良好的生活习惯，
也要以豁达的态度向往人生，
看淡世事沧桑内心安然无恙，
所有的事情都在自己的心胸。

无论得到失去都要看开看淡，
别让今天遗憾到明天变严重。
珍惜当下生活难免都有起落，
暑往寒来日子过得热气腾腾。

这世上没有放不下的人与事，
只有那些回不去的当初悔恨，
没有抛不开五味俱全爱与愁，
不妄自菲薄才活得愉快舒心。

不管委屈还是失落都会过去，
取悦好自己把生活过出意境，
不放任自己收获幸福的真正，
人生无彩排没办法重来一生。

注：这是诗人写给自己年轻时的工友的诗，鼓励他振作起来，不能就这
样萎靡不振地生活。

感恩

我懂得自己就是普通的人，
但是我时刻记着还有人在危难中，
绝不能只为着自己的平安，
就不去想着千方百计地帮助别人。
把感谢每天都挂在嘴边，
却假意地敷衍没有真诚。

在我们周围社会缺乏基本的信任，
很多人认为唯利是图自己才能生存，
仿佛这才是生活的真谛，
声嘶力竭去抱怨和抒发苦闷。

我自己经历过多次生命的枯萎，
奄奄一息地在医院里治病，
经过医生们的奋力抢救，
我现在每时每刻为永恒的重生感恩。

站在晴空下看着蓝天白云，
我才弄明白自己是多么渺小的身形，
回想起被白衣天使抢救的日夜，
我对于大家给予爱的恩典而感恩。
从此我更加珍惜现在的拥有，
自己也变得十分温柔而谦恭。

我们的先辈经历过常年的战争，
是在漆黑的夜里等待黎明，
那些难以言表的饥饿死亡和病痛，
只有亲历者才能感受的苦衷。
当你经历过暗夜的漆黑，
就会为圣洁的阳光而感恩。

别人帮助了我就应当感恩，
因为这不是预先设定好的剧本。
四季不是我想象中的明媚，
春光灿烂里也有黄沙滚滚，
冬日白雪皑皑可也有暖冬，
这些都是生活中你我的见证。

对我说来感恩是一件很美的事情，
即使在阴雨不绝或那凛冽的寒风，
你会听到传来一声浅浅的问候，
有人端来一杯热水的温存。
这些都是温情的围绕
因为所有的人都在善良中生存。

起初我们的女娲做很多高大泥人，
她的想法是为了扶助弱小的众人，
而今天的强者忘记了自己的义务，
那些弱者也从未把感恩牢记在心。
我真心地希望每个人都牢牢记住，
感恩是一件应该做的事情。

心中的感恩不是随风飘荡的呢喃，
那是我们发自内心里的真情，
是大家到野外采风绘画之时，
看到温暖的春天和丰收的秋景。
就是遇到路边的玫瑰美丽有刺的身形，
也是大地的母亲赐予我们的丰盛。

感恩对于我是一件该做的事情，
因我们活在拥有爱的环境，
人们不停地工作都是为了生活，
大家期望着秋天带来的年丰。
感恩也是你为大家做出的呈献，
决不容许那种虚假装出来人情。

我望着清晨那灰蒙蒙的天空，
为清洁空气和光芒为活着感恩，
愿我们用行动来改变自己的命运，
便是按照人生的正路而行。
感恩对于我是件很美的事情，
愿世界上人人能为他人留下爱心。

注：作者对感恩有着深刻的体会。他动过两次大的手术，认为这是两次
重生，故深感生命的珍贵并感恩家人、医生以及所有帮助过他的人给予
他的恩典。

执念

在不断的努力中，
美好年华已渐渐逝去，
等到了今天，
我已经是雪发和白须。
虽然付出了一生，
我依旧追寻着你，
那牢牢的执念，
还激动在我的心里。

我对你的深情，
能包容这宇宙天地，
时常有突发异想，
思维就会冲天而起。
牵着你的手，
潜入大洋深深的海底，
看看我们的缘分，
能否比大海更紧密。

风是我的化身，
穿越历史也带着你，
我们来到奇妙的国域，
感受古风和神秘。
在太空里我轻吻你，
注视着中华大地，
讴歌家乡的变化，
留下那诗情画意。

其实我也，
经常深入到你甜蜜的梦里，
缠绵在红尘中，
温暖着山水的欢喜。
从我拉住你的衣角，
就在那一瞬间里，
我的生命，
就永远和你缠绵在一起。

子夜的心动，

又使那指尖妖娆飞笔，

画出你的轮廓，

只凭着灵犀相通的记忆。

你心灵的呢喃，

安抚我思念的情意，

即使远在天涯，

让牵挂穿越风尘万里。

静静的云烟深处，

未来的旅程我陪着你，

那些温情和凝眸，

随我一缕暖阳西去。

依旧是峥嵘岁月，

景色关东最为美丽，

艰难生命的旅程中，

牢记一段爱国传奇。

在时光的花瓣中，

你总是香味奇异，

是你陪伴我，

把朵朵鲜花开在红尘里。

让那些优秀作品，

盛放在读者的心底，

文学——

你的流光溢彩，

我一生都钟情于你。

注：这首诗表现了诗人一生对文学的热爱和追寻。

秋躁

秋风起时，

心中的烦恼便随风飘荡，

总想起曾经的夏日明媚时光，

希望自己能静静地观赏。

可眼前的秋风尘起，

夏日的繁华早就被秋风扫荡，

早已不见了当日的风光，

不由得自己心情沮丧。

一阵风吹来了话语，

若让自己重建辉煌，

试试让心事随风而去，

看看那又何妨。

谁都在年轻的时候，

有过青涩迷茫，

谁也曾在春夏时节，

徘徊蹉跎和奔忙。

纵然岁月入秋，

枝叶斑驳离散无常，

可我们从未放弃过，

心底的真挚善良。

不管你内心风云，
是如何变幻激荡，
只要那颗跳动的心，
还那样善良。
让往事随风，
是自己长情告白的坦荡，
往事随风去，
也不辜负余生的漫长。

学会告别和放下，
总要渐渐地成长，
告别昨天的自己，
放下曾经的伤痛。
星移斗转月落日又升，
我们更多的希冀在前方，
向过去告别后，
重新出发收拾行囊。

丢下过去，
方能珍惜当下，
不畏将来不念过往，
告别无谓的往事把它遗忘。
往事随风也好放下，
是要更好地开始成长，
由悲悯升华而成的，
那无穷的力量。

有时你会被世人讥笑，
认为是个傻子模样，
要知道伟人年轻时也不知道，
自己会变成什么样。
因为大度而受责难，
必定是难受和孤独凄凉，
坚持努力在人生里，
才能凿下自己名字的辉煌。

凡是能放下昨天的人，

都坚持着未来的理想，

生命的奋斗，

与灵魂融合在一起的善良。

人生正确的坚持，

丢掉了无谓的包袱，

当他们受人责难之时，

也是人生的成长。

放弃掉过去，

是卸掉束缚成功的无望，

将来可期，

努力一定会让我们进步，

相信我们的未来，

必然有更加明媚的太阳。

注：秋天来了，激起作者一时烦躁，他反省自己的生命过程，认为心静
是最好的状态。

文学，未来的艰难

人类文学已经渐渐走向终结，
是因为网络科技无情的跨越。

过去的知识是读者们的最爱，
他可以提供认识世界的明确，
而网络现在展现在你面前的，
不再是真实历史的排列。

文学的本质涵盖了心灵的哲学，
在小说结构里去想象这些，
用内在的合理性与动机去理解，
始终关注小说中人物的情节。

总想去把握住它们再现的情节，
理智与情感参与在那些日月。
揭示他们的曲折故事，
这些难以用其他的方式超越。

文学向阅读者展开了那些，
人的内心所体验的一切，
无论他们的命运是喜还是悲，
都要放在故事中去了解。

我们理解里面的逻辑，
分享他们的情感和命运的起跌，
能够深入其他存在的生命，
感知道德和善良唯有文学。

专注已知的形式和情节，
是实验型知识的超越，
现在我们来寻求新的，
文学作品表达方式的环节。

把构思在这里的故事，
永远在意义的周围游荡集结，
将社会的规则道理表达出来，
是我们的愿望即使它并不直接。

我们的文化以一种故事的方式，
不断地进化大脑想象的正确，
围绕我们小说故事情节的刺激，
解释着人们阅读中的情节。

有时甚至故意让曲折悲伤多些，
对那些平庸寻求的意义去拒绝，
我们的思维在不断地给予支持，
会有几百万个明确。

以至于我们这些阅读者，
在昏昏入睡的迷离入夜，
头脑里仍在无休止地幻想，
修改着对那些故事叙述的真切。

因此故事一定是在时间中，
编织起无限的信息叠叠，
打开它们通向过去和现在，
以及未来理想的相偕。

引入了秩序与永恒的命运相贴，
用一种方式安放在因果类别。
毕竟我们是了解更多和准确，
该如何把构建故事慢慢省略。

已经意识到事物之间天差地别，
却有难以置信的联系不可分裂。
难怪故事是恐怖非人化起跌，
现实中出现在面前的精确。

与现在形式的叙事来相比，
文学只能在慢慢消亡泯灭，
就像电子器乐的合成，
一种全新的网络文化要把传统肢解。

作家们意识到传统小说，
已不可能像过去一样去写，
那些已经变得如此边缘化的，
首先是小说和文学。

图像直接传递新的形式，
电影摄影虚拟现实代替了文学，
他们提供固定模式的影响力，
已经赶超了过往日月。

这意味着网络排山倒海之势，
已经把传统的思维式文化威胁，
如今人们接受的是一个灌输模式，
脱离了复杂过程的心理感觉。

人的阅读要用头脑智力倾斜，
最难以捉摸的内容来翻阅。
概念化口头化变为符号和象征码，
将其从语言解码体验的轮回真切。

无须思考的烦琐，
是网络文化对人类提供的便捷，
网络文化在递减人们的思考，
人类思维的退化已不是无端的威胁。

人类知识是需要集中一些，
大脑精力和注意力的关切，
可在当前这个不用思考的网络里，
只有极度分散注意力的世界。

这种能力已变得极端分裂，
网络灌输的模式和呆板，
开始了不用思索的网络图解，
由此人类更多的进化灾难重叠。

伟大的宇宙演化的形式，
怎样才能继续撑起这个世界，
如今不再用阅读来理解，
那些无用的神话寓言和传说的三界。

如果人们还不赶快去纠正，
这慢慢消失的文化和精确，
对自己犯下的错误不去反省，
人类终将被科技所毁灭。

人们想继续创造一个新宇宙文学，
多次试图把网络和它们在一起粘贴，
希望通过那些口口相传的方式，
当今基本无人相信那个文学世界。

现在作家的头脑已经陈旧，
未来应该是网络文化的世界，
虽然把生活中所有的碎片收集，
未来只有文学的继续消弱和破裂。

注：作者最反对的就是网络文化对思考的冲击，但是就目前的状态来看，
未来社会是网络文学的天下，传统文学该向何处去？

安静的力量

对外交往不问出身不媚世俗，
突出自我就是最坚韧的风骨，
安静就是最让人舒服的气质，
静好里带着深爱世界的态度。

一个人安静不同于性格内向，
后者往往羞涩腼腆心中无数，
担心打扰生活害怕改变现状，
而安静是自信的选择和风度。

沉默寡言是因为他懂得太多，
不争是因为内心已丰盈知足，
性格中沉静的美胜过了一切，
专注一道菜，一杯茶，一本书。

为菜肴的美味细品神魂颠倒，
感受流水缓缓山中云雾飞瀑，
茶香神思冥想回到琴声悠扬，
安静的人自有天地于心独树。

安静本身是一种强大的力量，
不以外在的声势让对方佩服，
他有股专注的气场让人尊敬，
安静的人在内心里鲜花处处。

越是安静的人其实越有力量，
不追求向全社会把实力展露，
自己往往都采取很低的姿态，
观察环境找准位置独立自主。

欲使心无烦恼最佳独身自处，
看似独处却有一人热闹无数，
天地不在身外都是藏在心里，
为书中的情节心动落泪痛哭。

阅读使人具有了清雅的气质，
这种气质更是无形魅力外露，
从来不以自己声势压倒对方，
内心的力量让人真正的佩服。

在安静里深藏一份爱的珍惜，
那便是恒久不败的花蕊仙露，
矜持中保持一份诚挚的谦和，
便是不倦的播撒善良的雨雾。

世间因为有爱才会四季温暖，
因为有情才会朝霞红云遍布，
心灵深处默默地支撑着安静，
在灵魂之间静静地聆听倾诉。

注：安静，包含了自身知识的积淀、人生的定力、生活的稳定、爱的充盈。
安静是世界上最有力量的状态，是人生中最让人羡慕的一种表现。

宽容

宽容自己，不再纠结过去的事，
宽容他人，离开的人不去纠缠，
那些做不到的事情莫要自责，
得不到的情感从此不去留恋。

宽容是对自己心灵抚慰顾盼，
宽容也是对他人尊重的表现，
我们为什么每天活得这么累，
那就是没有看懂自己和世间。

因为心里装了太多琐碎的东西，
让我们后悔却无能为力地遗憾，
有些人让你不舍却各奔东西，
有些东西你追求却遥不可攀。

感情里总碰到爱恨分合离去，
生命里总有依依不舍的相恋，
风雨里经历了更多的是痛苦，
沧桑已历经把磨难变成磨炼。

要宽容就是重新来面对生活，
把美好去等待对不幸说再见，
宽容是宽容原谅他人的错误，
宽容就是对别人包容而祝愿。

宽容他人自己就会一身轻松，
不再耿耿于怀丢掉怨恨烦乱，
不能让他人扰乱心中的宁静，
不让自己脚步停滞愤怒不安。

原谅自己别带走已有的欢乐，
不要再把你人生的苦恼增添，
宽容大度是选择快乐的生活，
努力过好今后剩余的每一天。

学会宽容回归一颗安静的心，
学会了宽容也就减少了不满，
做到了宽容就没有任何抱怨，
忘记烦恼，对旧人说一句祝福。
告别过去，和往事说一声再见。

注：宽容即怀有博大心怀的善良，能够宽容别人，你的朋友就多，能够
宽容自己，你的生活就常有欢乐。

微笑面对

遇到事情，由自己去处理，
自己的心情，尽量去调整，
该走的路，一条都不会少，
如何来面对，自己的人生。

就算世态炎凉，复杂人心，
不能忘记微笑，忘记深情，
愿经年，把所有恩怨是非，
都被岁月冲刷，痕迹干净。

生活就像是，翩翩的蝴蝶，
有破茧的勇气，才能生存，
迎来那飞舞，蝴蝶的美丽，
生活就是那，最好的珍品。

人生的全部，不光是情感，
最好的归宿，安静的心灵，
人生情感就在，有终有始，
切莫在人海，浮沉中分心。

生命是一次，历练的成长，
人生是一个，苏醒的过程，
从呱呱落地，到少不更事，
从青春韶华，到初始懵懂。

从意气风发，到知命收缰，
从满头青丝，到白发染鬓，
锻炼和体验，才渐渐成熟，
总是在，经历艰难后成功。

在经历中，方能懂得自己，
懂得自己，也就读懂人生，
明白活着，是多么的幸福，
做一个深情，而鲜活的人。

世上再多钱财，富贵金银，
那些是，微不足道的生命，
钩心斗角，显得渺小可笑，
坚己志，崇真德尊人自敬。

心放得宽，快乐就多一分。
别忧伤别想多，珍惜生命，
读懂了自己，把握住黄昏，
过有滋味生活，稳健前程。

领悟真谛，是心灵的财富，
看书里读的是，自由精神，
品的是茶，尝的却是生活，
走的是路，面对的是人生。

思念朋友

你曾给了我，十分温暖，
我却未还你，一分情感。
我还没为你，用心一点，
你对我，早就付出真心一片。

你为我，曾遮挡风雨，
我却未与你，真情相见。
我愧对你，一程又一程，
如今你我分别，只能把你怀念。

黑色带来了，夜里的深沉依然，
绿色是生命，代表着轮回的翻转，
更加飘逸的是，天空湛蓝的色彩，
那便是彩虹中，洁净的淡蓝。

岁月的四季，就在转瞬之间。
相知相识，已走过了几十年，
今天如果朋友，还在那人世间，
心里依旧承载着，兄弟情义盎然。

无论学生时期的，情意鲜花烂漫，
还是成长在夏天，世间的炽热炎炎，
等到人生秋季出现，色彩变幻，
朋友只留下了，洁白沃雪冬寒。

在这人生路上的，坎坷严寒，
我用友情追忆，你给的温暖，
等到下一次，枫叶飘红的季节，
我去看你，在墓碑下相忆相见。

知心朋友的情，是无言的温暖，
在我的心里，是无形的陪伴，
真正的朋友，是一份人生的懂得，
心灵的呵护，是生命的期盼。

距离的远近，不阻碍心与心对话，
穿越时空的心音，总是让人挂念，
流在眼角的热泪，总会让人心疼。
简短的话语，却包含了万语千言。

因为深有体会，所以知你的负累。
你的苦衷，因为我身受牵连，
心疼你的真诚，珍惜你的情感，
你对我是这世界上，最温情的语言。

通往内心，柔软的桥梁和栏杆，
因为我们是兄弟，所以一直哀叹，
那个诚实的眼神，包容了我的一生，
是一种触碰心灵的，无比的震撼。

能了解你，我的内心悲情漫漫，
一句思念，便有了岁月的温暖，
朋友愿你安好，虽然一别两重天，
人生中最珍贵的，是对朋友美好的思念。

品酒与识茶

茶与酒自古就是，
世俗文化的文武双全，
都是历朝以来，
国人的饮宴喜好之冠。

爱饮茶者多为风雅，
品茶令人清新春欢，
嗜饮酒者倒是妄大，
好酒之人往往迷堪。

风雅兼有癫狂，
醒或睡相辅相成相欢，
这些就是文人性情，
不可分割的两个侧面。

酒后则为物我合一，
天人合一齐生死，
中国酒文化，
才是酒的精髓之所现。

心欲静时喜品茶，
会使人体舒平心凝安，
静心感悟天地灵气，
日月之香茶气冲天。

激昂时佐酒举杯畅饮，
人生可对酒当歌之欢，
尽情挥洒人生快乐，
何如故此入口绵绵。

清茶皆能清醒神智，
烈酒总能模糊感官，
有茶无酒，
朋友相聚兴趣单调言语清淡。

有酒无茶，
举杯频频有失自持沉稳内敛，
只有寒夜热茶客未暖，
烫酒汤沸蔬正鲜。

喝茶是当年的最佳，
饮酒要窖藏过几年，
上好的绿茶，
讲究的是当年在清明雨前。

上好的烈酒需陈年老窖，
没有数年不看，
日月愈久方显弥香，
朋友经年感情沉淀。

挑嫩芽青叶之精华，
精心烹制壶中茶仙，
一杯清茶恰似，
那风华正茂英俊少年。

在最精华的岁月里，
把清新夺目风采展现，
使饮茶者清醒冷静，
茶之可贵由此更见。

一杯陈酿好比火焰，
历练风雨后的成年，
看似醇厚绵软，
实则内心火热刚利之间。

酒能超脱旷达英雄，
一时兴起豪气云天，
酒性狂放如火，
在峥嵘岁月中凝固沉淀。

茶水沸煮酒需蒸悬，
二者性情却截然相反，
酒性既然可放就能被收，
茶收酒性方可翻转。

百姓知道茶酒之交，
酒醉要用热茶来解盘，
茶性清凉茶味苦涩，
定能扑灭酒精火山。

好酒之人热情，
以酒结交朋友到处普遍，
来往心宽却语机锋利，
举杯觥筹交错欢宴。

以茶会友静坐凝气，
爱茶之人冥想清淡，
文言素语频频把盏，
品茗言谈多露雅玄。

茶与酒为人生两大境界，
皆为中国文化箴言，
酒之精神道家哲学，
庄子周易自由之宣。

追求绝对的自由，
忘却生死利禄荣辱甘甜，
从哲学角度来明示，
茶酒文化精髓相同一般。

用茶与酒来观看，
截然不同的两种事物表现，
却不约而同地印证，
道家思想深邃的渊源。

事物两面性的辩证，
有酒妙矣有茶甚幸，
水土相交生于木，
返水得汤需水火相煎。

茶礼茶德茶道茶艺，
传统文化核心的外延，
品茶爱茶的味道，
是茶的哲理清纯渲染。

茶过三道酒过三巡，
酒助浓茶清意淡淡，
进入谈性正浓时分，
状态不再亢奋无边。

清茶出世，
感受着淡雅的趣味轻颜，
茶性沉静似水，
浸润文化氛围纯净渲染。

浓酒入世，
涵养着一方精神世界的博大，
然把酒不过，
高洁道德素质的近在眼前。

酒常过则不能自持，
丧礼失智误事误人贤，
茶流行文人，
雅致怡情为主茶情惜淡。

饮茶在质，
茶质水质器质，饮茶人品为先，
炎黄子孙热情不失冷静，
茶酒周旋理智不失欢颜。

行为和心态悠然，

茶文化价值尊贵千年，

人生处世哲学，

就似妙语清茶佳人曲婉。

茶酒悠久传统，

二者相生相克相辅相圆，

酒茶的文化，

是中国儒释道思想的灿烂。

注：烟酒糖茶是国人生活中不可缺的东西，而这四样东西里，尤以酒和茶最为重要。几千年的喝酒饮茶，形成了中国特殊的酒和茶的传统文化。

论酒

中国是酒的故乡，
酒文化千年悠久盛行，
酒在生活中占据着重要地位，
它是一种特殊的食品，
但酒又融于人们，
丰富多彩的精神生活之中。

它具有特殊的文化形式，
渗透到社会的各个领域之中，
在几千年的历史文明中延续，
酒的王国有其独特的传统。

酒的形态万千色泽纷呈，
中国有众多酒类的品种，
中国是饮酒人的丰园乐土，
有着世界之冠的产量之丰。
饮酒者广大而南北皆有，
男女老少都有嗜酒之人。

中国的酒文化极盛，
历数千年而不衰饮酒之风，
饮酒的意义远不止口腹之乐，
还有精神体现身体的充盈。

它作为一个文化符号，
一种文化消费的精神，
用来表示礼仪和一种气氛，
当然还有一种情趣，
用来表达喜悦或悲伤的心境。

酒与诗的缘分，
自古就结下了不解之情，
每一种名酒的发展，
都包括了诗人醉酒的传统。

中国的各类美酒，
不仅仅给人以享受口唇，
还有饮酒后那美的朦胧
与酒精力量的蠢蠢欲动。

酒乡人代代的探索奋斗，
为酒的发展而英勇献身，
开创名酒的品牌，
与民族自豪感息息相通。

中华民族与酒同在，
大无畏气概紧密相拥，
关云长杯酒斩华雄，
就代表了千年以来酒的灵魂。

酒作为人类客观的食物，
它是变化多端的精灵，
它炽热的时候似火，
冷酷的时候像冰。

在胃里似钢刀之锋，
柔软就如江南的缎锦，
举杯饮酒发作狠毒时，
就像恶魔缠绕之凶。

饮酒后时而可泣时而可敬，
酒精无所不在而且力大无穷，
能叫人超脱旷达才华横溢，
也能使人放荡而无德行。

这酒它也能随时叫人，
行为肆行无忌面红耳赤，
一下子就沉到道德的深渊，
酒后无耻做勇敢的沉沦，
叫你丢掉平时的面具，
口吐真言而毕露原形。

酒在人类文化发展中，
表现了丰富多彩的过程，
历朝历代对酒的记载，
都表现在历史的长河中。

酒已不仅仅是，
客观的物质存在的一种，
而是中华文化的象征，
即酒的精神。

在中国道家哲学，
为源头的酒神精神，
庄周主张物我合一，
天人合一齐一死生。

道家高唱绝对自由之歌，
倡导乘物而游的灵魂，
游乎四海之外，
无何有之乡的泥泞。

宁愿在自由的泥塘里，
做摇头摆尾的乌龟横行，
也不做受人束缚的，
昂首阔步的千里马困在囚笼。

追求绝对自由，
忘却生死利禄及光荣，
这就是酒神精神
的精髓所在。

世界文化现象，
有着相似之处的惊人，
精神到理论高度的重叠，
是这种升华的酒的精神。

酒神谕示着人人，
都有发泄情绪的精神，
抛弃那些束缚人们的传统，
回归原始状态的体验生存。

注：酒是人类走向自由的途径，也是正常人走向野蛮的歧路。这里面的
区别，就在于对度和量的把握。

酒与文人

在文学艺术的王国中，
有很多无所不往的酒神，
酒对文学创造的登峰造极，
产生了巨大的影响。

自由艺术和美是三位一体，
那是突出崇尚自由的女神，
这些全是因自由而艺术，
因艺术而酒醉之后的美妙降临。

因醉酒而获得艺术的灵感，
自由状态是多么的神圣，
这是解脱红尘的束缚，
获得艺术创造力的重要途径。

志气旷达藐视宇宙的狭隘，
这是魏晋两朝名士刘伶，
从来就是兀然而醉豁然而醒，
酣醉作诗只闻雷霆之声。

后观大作酒德颂，
写其酒后观景在心中，
孰视不睹山岳之形，
不觉寒暑之切肌利欲之感情。

俯观万物扰扰行行，
焉如江汉之何漂载浮萍。
如此的境界真实体现了，
中国诗神的醉酒精神。

古时的墨客文人，
多数用诗酒人生自来形容，
李白和杜甫及陶渊明，
皆为嗜酒著称的大诗人。

酒是必不可少的东西，
酒醉是启发好诗的精灵，
饮酒诗句字字珠玑凡间少，
诗句都是酒里话人生。

不管借酒消愁也好，
或者借酒助乐鼓舌摇唇，
诗歌借着酒兴，
赋出了多少千古绝唱的神韵。

陶渊明名气最大，
生性嗜酒不能常得是因家贫，
亲朋旧友若得墨宝诗文，
置酒招之造饮挥洒辄尽。

李白人称酒仙神通，
诗歌百篇饮得斗酒方能，
自古嗜酒那名望冲天，
无人能与李嫡仙相提并论。

杜甫诗歌中的酒中行，
是呈现他个人的画卷生平，
更是折射出他所生活的年代，
那个唐朝社会的历史缩影。

欧阳修醉翁亭记，
从头到尾一股酒气盈门，
无酒不成乐，无酒不成文，
天地乐山水乐皆由有酒欢欣。

白居易为官时最喜酒饮，
经常去探讨酒的酿造精心，
酒的好坏的要素之一，
是看水质如何保持清新。

苏东坡嗜酒如命，
明月几时有，把酒问青天，
风姿潇洒的神态中，
他的诗词，他的散文，
充满着酒味的浓浓。

杜甫写出独酌成诗，
醉里从为客，诗成觉有神。
苏轼和陶渊明的《饮酒》诗
俯仰各有志，得酒诗自成。

杨万里南宋中兴四大名，
举杯大笔一挥淋，
一杯未尽诗已成，
涌诗向天天亦惊。

词坛双璧张元千，
晚年自称芦川老隐，
雨后飞花知底数，
醉来赢得自由身。

陶渊明因好饮远近闻名，
时常赴宴被人邀请，
这位傲气冲天的文人，
却独独为酒而折腰从酒如命。

酒产生的浪漫拉近了距离，
李白饮酒才成为诗神，
酒能改变人生，
那些昂首阔步的文人。

只有在酒的面前，
李白才能俯首称臣，
无冕君王仗着醉意，
他敢顶撞人间的帝君。

传世诗作酒醉而成，
诗句如此优雅承珍，
这样的例子比比皆是，
在中国诗史中俯拾皆成。

古时绘画和书法中，
焕发自如是酒神的精灵，
板桥字画常人无法得到，
求者皆拿狗肉与美酒来变通。
在郑板桥的醺醺醉意中，
求字画者即可如愿以成。

吴道子，江南画圣，
若要动笔前大醉必酣饮，
醉后为画，挥毫立就，
遒劲健色，绝代所无功。
元朝四大家的黄公望，
同样是酒不醉，画不行。

王羲之醉时真书圣，
酒饮挥毫作序为兰亭，
及至酒醒观书法，
何人书法如此精？
哀叹我终不能及之，
临摹更书笔不能。

自古美酒如林，
成就了多少诗神书圣，
酒醉后吟诗泼墨挥洒，
天下的神鬼皆惊。

酒是自由的象征，
诗在心往神驰的呐喊中前行，
倘若抽去自由的成分，
世界就没有妙笔神功。

离开了酒的放松，
没有了自由的环境，
文人们的终极发挥，
就会被因为束缚而变形。

注：这是一首浪漫的长诗，诗中描绘了古代文人爱酒，在酒醉的状态中
创作诗歌文学艺术的故事。

秋色缤纷

七彩的落叶纷纷，
是大自然豪华的凋零，
秋风带来自由的喧嚣，
又感到熟悉的空气清新。

季节淡淡的忧伤，
陶醉了我渴望的眼睛，
秋天那忧郁的美丽，
描绘金红色彩妆的森林。

看到这远东深秋的风景，
就想起家乡的大小兴安岭，
黑龙江波涛捧出的朝阳，
医巫闾山晚霞送走的黄昏。

忘不了白山黑水的美景，
胯下呼伦贝尔奔腾的马群，
关外家乡那最美的画卷，
是长生天赐给我们的馈赠。

俄罗斯远东秋天的来临，
这里真是美得淋漓尽致，
但是不要和我的家乡比美，
因为那里就是天上的仙境。

家乡像一幅幅似火的油画，
点缀着色彩浓重的村屯，
山河的壮丽和家乡的秀美，
田野山间遍地的金黄醉人。

行走在异国的秋意浓浓，
脚下是落叶破碎的声音，
热血男儿们万里寻找归途，
为了那家乡的叠翠流金。

注：这是《关东秋叶·第四部》中的诗。义勇军在异国他乡充满了思乡之情，但是作为抗日军人，他们努力克服遇到的各种困难，决心回到祖国、回到家乡把敌人赶出家园。

不屈的灵魂

眼望着波涛滚滚的黑龙江，
对岸就是日夜思念的家乡，
家乡被强盗所蹂躏和霸占，
我们归家的路却那么漫长。

为了捍卫中华民族的尊严，
战斗在白山黑水的土地上，
今天没有能力再力挽狂澜，
我们被迫行走在异国他乡。

前进，向回到祖国的方向，
身边除了死亡，还是死亡，
我们没有泪水也没有悲伤，
义无反顾地继续走向前方。

家乡在心中向着我们招手，
回到祖国的路途多么漫长。
眼中看到长白山和兴安岭，
还有那昆仑山和黄河长江。

经历了五百天的严寒酷暑，
身边伴随着是饥饿和虎狼，
看不到边的森林草原沼泽，
西伯利亚充满瘴气和饥荒。

我们牢记的是祖国的蓝天，
想拥抱她只有不屈的顽强，
饥饿使人倒下催生了无望，
义勇军铭记着祖国和家乡。

我听到了北方的锣鼓喧天，
你看到了江南的龙舟激荡。
他闻到炕上饭菜香飘四溢，
咬着牙前进吧——
前面就是家乡的灯火辉煌。

注：这是《关东秋叶·第四部》中的诗。义勇军在日军的追击下，被迫退到苏联境内，他们被关进了集中营，眼看着江水的对面就是家乡，他们抱着必胜的信念，一定要回到祖国。

可爱的祖国

我爱那曲线优美的大地，
洁白山脉似长腿和美膝，
耸立的高峰傲视着一切，
迎接着历史的不断冲击。

春是激发着生命的一季，
盛夏拥抱着滚烫的大地，
深秋彩色映红江山万里，
严寒积雪是民族的刚毅。

河流用尽了所有的气力，
把热血和甘霖留给了你，
让生命迸发在大地深处，
我听到了呼声撼天动地。

拥有对祖国深深的爱意，
一定顽强不息地活下去，
千锤百炼锻造华夏儿女，
我们从来就是不挠不屈。

好像盘古又在开天辟地，
也如女娲再次创造世纪，
从那无数次失败中奋起，
去迎接即将来临的胜利。

无限热爱祖国神圣大地，
爱她如同肌肤般的暖意，
高处森林就像青丝缕缕，
母亲用乳汁把我们培育。

华北平原是祖国的胸膛，
上海是母亲眼睛的迷离。
江南如祖国柔软的腹部，
母亲还是那样静淑美丽。

这就是祖国母亲的身躯，
我们执着着家乡的美丽。
带着愤怒和无限的焦虑，
捍卫祖国母亲坚定不移。

敌人的刺刀在咄咄威逼，
我们用自己的血肉抗击，
行动起来我们整装待发，
雄赳赳踏上归家的步履。

我们有军人牺牲的坚毅，
直奔需要血肉横飞之地，
长江黄河波涛滚滚向前，
是中华民族不屈的努力。

注：这是《关东秋叶·第四部》中的诗，表明了义勇军战士对侵略者的恨、对祖国的热爱，以及对家乡父老乡亲的怀念。

南京

碧绿的杨柳婀娜，
伴随着健硕的梧桐，
我们来到芳草茂盛，
花开艳丽的石头城。

晨起的朝阳四射，
捧出云朵的火红，
秦淮河边梅雨已止，
大学书楼中的喧闹刚停。

热闹繁华的新街口，
巍峨山前雄伟的中山陵，
长江地角的玄武湖，
古都展现了无限深情。

啊，奇幻的美景，
使人在梦境中惊醒，
六朝古都南京，
向世人展现了她的青韵。

勇敢的青年出发吧，
高举着旗帜的我们，
为了祖国的伤痛，
为了东北的父老乡亲，
前进前进……

注：这是《关东秋叶·第四部》中的诗，描写东北的学生到南京游行请愿，
声援东北义勇军。

归乡路

九一八日寇枪声还在响，
日本人一天占领了沈阳，
我们的军队怎么不抵抗？
侵略者逼迫我离开家乡，
我们跑啊跑……
跑进关里到处去流浪。

回家的路怎么那样漫长，
我们一边流泪一边歌唱，
歌唱着重新获得的自由，
思念亲人的眼泪在流淌，
我们走啊走……
归乡的路还在那远方。

东三省土地肥沃森林广，
站在长白山望着黑龙江，
大兴安岭下草原多兴旺，
田野长满了大豆和高粱，
眼泪流啊流……
什么时候回到我家乡。

东三省那儿是我的家乡，
那里还有我衰老的爹娘，
我们的乡亲在受苦受难，
没有人能帮我回到家乡，
我们喊啊喊……
赶走强盗光复我家乡。

注：这是《关东秋叶·第四部》中的诗，讲的是"九一八"后，东北学
生流浪在关内，他们不知道什么时候才能回到家乡，内心充满了思乡的
悲伤。

地球的灾难

在二十一世纪的今天，
我们面临着宇宙的责难，
人类过往的错误举动，
都造就了千疮百孔的大自然。

这个星球上的意外改变，
都是由于人类的贪婪，
那些突如其来的灾难，
是地球报复人类犯下的错误。

人类到了今天，
要反省过去的每一个污点，
如果不停止对环境的破坏，
我们就没有未来和明天。

人类缺乏爱的箴言，
世界充满着恶意的谎言，
恃强凌弱的战争不断，
豪取强夺着地球的资源。

宇宙的生命就如一棵大树，
善意就是枝叶上的露珠点点，
凝聚着人类生存的精华，
地球上的一切都是因果必然。

宇宙存在是相互爱的永远，
福往者福来爱出者爱返，
你付给宇宙几分的爱，
地球就会回报你几分的甜。

你用仇恨心态掠夺地球资源，
你就会看到可憎的恶水穷山，
你若用感恩的愿望去修复家乡，
世间处处都会是美景田园。

要知道不是宇宙选择了人类，
而是人类选择地球作为家园，
人类对地球的苛刻已经不可容忍，
若不停止人类将面临更大灾难。

宇宙间不如意的事很多很多，
人类计较得失对地球都是怨言，
人类的欲望一直没有止境，
什么也不能让人类满足如愿。

人类做事进退取舍从未考虑，
人类生存的哲理是物极必反，
做一切事情都要懂得尺度，
人类若宽容地球都是春天。

人类应该拿得起也放得下，
每段历史都有失败的遗憾，
这些都是人类发展中的常态，
不要为无法挽回而苦苦纠缠。

人类种下了毒草遍布一片，
人类的自私形成了大片污染，
人类的需求结出不孕的果实，
人类无序的恶果在不断发展。

人类没有完满所做尽是缺憾，
我们虽阅尽世事却只能旁观，
饱尝风霜睿智地过尽那千帆，
看淡了世事只求内心的安然。

注：从人类出现的那一天起，就不断向自然索取，如今地球已经经受不了人类无限的索取，现在所有自然界出现的灾难，都是人类自己造成的。这首诗是诗人发自内心的呐喊，却又是无奈的呻吟。

白桦

白桦树美丽纯洁而宁静，
执着的品格是那样的清新。
她是俄罗斯民族的象征，
她是祖国和故乡的化身。

白桦树就在思乡的梦中，
每到夜里就勾起怀念之情。
当人们从远方疲惫地归来，
看见白桦就会感到家的温馨。

白桦和俄罗斯人民，
紧密的联系从古至今。
人们曾用白桦树皮书记事，
使得璀璨的文化得以保存。

俄罗斯人喜欢春天来到森林，
采集白桦树汁作饮料来饮。
白桦树下是恋人们约会的地方，
更是他们不朽爱情的见证。

相恋终生

深深书院，那里带着文学的怀念，
四处观望，回忆作品绽放的鲜艳，
彼此守候，时光笔墨着生活相伴，
文学诗词，笔耕已到了古稀之年。

多少历史，已经被时光冲得很淡，
岁月遗忘，像狂风卷起吹得很远，
不慕世间，万物的繁华连绵不断，
不争岁月，尝尽朝夕带来的冷暖。

曾历人生，市井攀爬的流血流汗，
不语尘世，莫提仕途黑白的深浅，
无怨无悔，创作的道路崎岖艰难，
不畏浮云，风沙和氤氲不遮双眼。

温婉成柔，点缀苍翠的绿色田园，
艰苦卓绝，忠勇义士残酷的当年，
既然执着，把文学深深爱在心田，
相伴无言，那是文情醇厚的深远。

春兰甘醇，驱寒香怡美词人世间，
夏有荷韵，回味荷韵诗句长甘甜，
秋菊花简，万般惆怅伤感千花瓣，
冬梅火红，最美秋叶诗词佳句献。

夏荷池畔，艳阳下滚落露珠点点，
装入流年，壶中的世界慢慢添满，
染了寂寞，文竹在书桌摇曳翩翩，
无须多讲，奋笔疾书只凝目慎言。

暮色西沉，时时牵动心中的挂念，
就如晚霞，文学生命已夕阳傍晚，
只添一笔，又是醉了黄昏和远天，
笔花灿烂，只在纸笔的方寸之间。

最深的爱，与祖国献身英雄相伴，
最浓的情，人民冷暖与共在身边，
最美文字，总是给你最大的温暖，
相知相随，文学是我一生的相恋。

注：这是一首诗人抒发自我感情的诗，他与文学相识相伴一生，进入古
稀之年感慨万千，能感觉到诗人对文学的感情至深。

诗词的灵动

古典诗词是中华优秀的文化，
它汲取古代智慧，增强文学底蕴。
用千年来古人的思想内涵，
奠定开创未来语言的历史重任。

古诗词要鉴赏，学习是必修课程，
诗词能表现人的文化修养品性。
古诗词大都是以抒情为主，
学好古诗词自然也要循序渐进。

古词的方法多是间接抒情，
把优美的词句在段落里填充。
通过借景抒情、托物言志的方法，
把诗词的美推向最高的情景交融。

表现诗词主线的是提纲携领，
让其融合得既贴切主题又鲜明，
比如秋叶先生的《声声慢·秋叶》，
就是突出主题体现出内涵的心声。

"晨霜染就，秋风熏成，绿心黄边分明。
一叶才开，顿时十里相映。
叶黄渐渐金红，漫山萧萧色浓重。
深秋冷，枝叶挺寒中，
层林秋色景，朔风催落纷纷。

叶枯旋风聚，冬日夕照黄昏，
落叶有情义，绕树却不离根。
朝暮化土只守定，冰雪酷寒不离分，
花开时，绿叶枝头又迎春。"

这首诗词描写了秋叶的美丽，
和它顽强地度过自己的一生，
对树木根系的那种执着的热爱，
比喻诗人对祖国和信仰的坚定。

诗词表现的凝练又倾注了感情，
能感受到那深深的敬意和振奋。
全词表达出枝叶挺寒中的坚强，
品读诗句抓住秋叶的脉络是中心。

探究使用词句的巧妙，
古诗词常会把你带入美妙之中，
丰富的内涵会引人产生联想，
一定要真正了解诗句表达的情景。

又如秋叶的《行香子》词中，
把一日三个时辰表现得十分灵动，
书写了秋天的黄昏、深夜和清晨，
把秋色描绘得栩栩如生色彩缤纷。

"草间虫鸣，鸟落梧桐，人间天上皆秋浓。
月圆西去，雾锁又千重。
荷塘浮萍，朝阳微彤，鸿鹄南飞不相逢。

秋风又起，细雨湿莲蓬。
春夏离恨，严冬难穷，最美深秋叶正红。
硕果清风，暮色飘彩虹。"

所以深深地领悟古诗词的意境，
才能知道什么是更高境界的作品。
对作者思想情感仔细地理解，
用想象去描绘诗词中的生活场景。

我们来欣赏描写环境的诗词内容，
秋叶用《蝶恋花》表现的塞外春。
春深似冬，午起风沙早晚冷，
这首词对自然界的描绘是如此逼真。

"细雨春风始解冻，桃杏又腮红，
四月新绿无人赏，朝霜暮寒午间风，塞外春。

夹衫薄衣方上身，寒夜又北风，
晨早卷帘启门窥，房檐冰柱雪纷纷，似严冬。"

鉴赏和领悟会产生古诗词的情景，
好诗词能使鉴赏者感悟美的心灵。
古诗词要理解文字和词汇的内容，
注重比较去挖掘联想和创新。

古诗词的内容富于思维的创造性，
那是一种复杂的精神活动。
读者能透过诗词表现的壮丽画面，
看到一首诗由感性升华到理性。

秋叶先生一首义勇军的《念奴娇》，
把我们又带入了抗日烽火之中。
归国路途所经历的艰难险阻，
表达了义勇军对祖国人民的忠心。

"跨江东去，避敌锋，半载时光囚禁。
故土西边，那已是，日寇魔掌欺凌。
破石穿峰，万里归程，卷起雪风尘。
如银仙境，困住多少豪英。

难跋涉一路行，雪片又纷纷，沟壑全平。
人乏雪增，转眼间，极目不见山形。
归国心情，不惧雪多情，阻留不停。
整装北进，任你飞雪暴风。"

这首词里充满了爱国的激情，
对艰难险阻的跨越，深深地感人。
所以只要把古诗词内容运用得当，
你也会成为一个美妙的诗人。

秋叶先生的《扬州慢》，
又表现了风雅杭州那美妙的灵魂。
那些水秀山清和湖堤的曲径幽庭，
恍若来到仙境，这里的桃花正盈。

"水秀山清，曲径幽庭，江南杭州初程。
西湖过春风，满目皆美景，柳丝画舫雨雾行。
丝竹淡淡，悠然琴声。
望湖堤，恍然仙境，桃花正盈。

佳郎赏俊，风雅地、始到兴浓。
千年礼乐城，文人墨客，难赋佳情。
赏风景聆弦音，品香茗、舟泊湖亭。
钱塘风雅在，龙井茶山绿云。"

诗人初到杭州，正值春天来临，
信步西湖边，方知杭州之美真仙境。
杭州自古是文人墨客的风雅之地，
真是满目皆美景，笔下妙词行。

秋叶诗人用季节的春夏秋冬，
把四季的花香来作词通韵。
慢慢咀嚼文字，情趣十分优雅美好，
看春兰茶，用古词来烛影摇红。

"蔼蔼晴空，画楼高耸入凌云。
春回大地最关情，山绿草青青。
楼阁惆怅把盏，兰花茶饮去年逢。
鸿鹄有志，岸柳叮咛，别愁絮纷。

兰茶甘醇，驱寒御邪香怡人，

西望断肠更残阳，极目啜泣饮。

夜半花香雨声，阳气清晨兰花沁。

窗外山峰，芳草景深，恍惚归人。"

诗词经常蕴含耐人寻味的哲理，

有思乡也有亲情，有北方春天的草青。

兰花之香代表家人，那悠悠惆怅之心，

鼓励登高才能望远，追求才能成功。

每一首诗词就像花开盈盈，

枝叶花蕊都展现着主题的精神，

如果没有对作品的透彻领悟，

就无法理解古诗词内涵的永无止境。

诗词中的词汇和每一句诗文，

都是诗人情感跳跃的灵动。

希望用文化的熏陶把人们心灵净化，

去学习诗词吧——

让中华文化的瑰宝伴你前行。

注：古诗词是中华文化的瑰宝，诗人把古词拿到现代诗里评说，表现了
他对古诗词的热爱和推崇。

美妙的蒙古长调

长调在蒙古语里发音为乌尔汀哆，
是游牧文化中蒙古族特有的民歌，
带有地域文化特征独特演唱形式，
旋律悠长而舒缓，意境十分开阔。

长调是草原歌唱形式的一种风格，
蒙古族形成长调就在民间的群落。
从短调民歌向草原长调民歌发展，
是短调为基础长调为创新的变革。

草原音乐文化随着历史发展错落，
逐渐占主导地位的还是长调民歌。
北方草原与中原内地的联系增强，
改变蒙古族整体音乐文化的风格。

各民族之间步伐加快了交流融合，
中原地区以农业为主的生产操作。
渗透到北方草原使文化交流频繁，
这样的背景下出现了短调叙事歌。

歌曲得到新的发展比如长篇唱说，
蒙古族亦农亦牧的文化音乐众多。
这一时期蒙古族长调民歌在发展，
都保持蒙古民族更加成熟的特色。

蒙古长调民歌承载着民族的历史，
更是蒙古民族生产中的文化生活。
和牧民田园式的生活紧密地相连，
是蒙古族延续至今的精神和性格。

蒙古族优美的长调民歌它的创作，
是在畜牧业生产和劳动中创造的。
体现了草原人民美好的生活方式，
在放牧和节庆上演唱的一种民歌。

用生活中对自然的感悟充分发挥，
一般使用上下各两句歌词演唱着。
取材描写草原的牛羊骏马和骆驼，
还有那蓝天白云以及江河与湖泊。

用草原的语言把历史文化去述说，
蒙古的人文习俗哲学和艺术道德。
配以马头琴的音乐来深沉地伴奏，
唱长调的总是穿着长袍的表演者。

赞美着生命诉说爱情把母亲讴歌，
用真声唱法接近自然的声音传播。
前依音和后依音以及滑音和回音，
一种特殊的技巧形成了旋律波折。

除了旋律本身具有的华彩的装饰，
波折音要口与咽腔进行复杂动作。
诺古拉会发出那颤音的抖动效果，
长调艺人受人推崇享有地位独特。

长调是抒情歌曲用装饰音和假声，
是三十二种装饰音的旋律构成的。
音调高亢音域宽广曲调优美流畅，
旋律起伏较大节奏自由悠长广阔。

持续流动性旋律丰富的节奏变化，
极为宽广的音域和现场即兴创作。
曲式结构以上下句构成整个乐段，
在不同韵步上迭唱词曲字少腔多。

对偶乐句旋律全曲只有上下两个，
音乐用曲式结构简洁精练来诉说。
热情奔放达到形象意境完美统一，
表现豪放的阳刚和大自然的辽阔。

只要有人领唱起长调的旋律波折，
几把持续低音的马头琴伴奏烘托。
立刻就产生庄严肃穆辉煌的气势，
最美的就是在草原听到长调牧歌。

穹庐的传说

美丽的毡包，那是我圣洁的家，
是夏天绿色草原上盛开的花。
牛羊和马群散布在辽阔草原上，
就像绿色大海里彩色的浪花。

小时候我在阿妈的怀里撒娇，
后来就在马背上黏着阿爸。
从小学开始就一直住在学校里，
我的脑子里都是要学的数理化。

上大学的我回到家里享受暑假，
重新回到草原上那座温暖的家。
忽然感觉白色的毡包那么的美，
这才发现有很多疑问需要解答。

放牧的阿爸骑着枣红的骏马，
毡包里奶茶香味忙碌着阿妈。
我打量着毡包圆圆的样子，
立刻想了解这神秘和奇怪的家。

晚上我缠着放牧归来的阿爸，
端着木碗喝着热气腾腾的奶茶。
阿妈整理着全家人的衣服，
我开始向父母一句句地问话。

"我亲爱的额吉和勇敢的阿爸，
这座蒙古包就是我们亲爱的家。
上边那么多像伞骨一样的木杆，
下面一圈斜斜叉叉的又是些啥？

蒙古包圆形尖顶还开着窗口，
为什么说我们家是四个哈那？
怎么咱家的门也是朝南开，
为什么这个房子能拆又能搭？"

阿爸是草原上最有知识的驭手，
凭他的英俊和聪慧才娶到阿妈。
额吉笑着看着我又看了看阿爸，
"这些问题让你的阿爸来解答。"

阿爸看着我笑嘻嘻地打着哈哈，
"哎哟，我们美丽的山丹花，
能提出想不到的问题来考阿爸，
现在我就给你把这个问题解答。"

蒙古人在古时候住的是尖顶屋，
用兽皮或树皮草叶子做苫搭。
就像鄂伦春人的传统歇仁柱式，
这种形式的住屋遍布西伯利亚。

慢慢地这种居住不能适应需要，
草原人们开始寻找更好的居家。
说起来蒙古包还是战争的产物，
是草原的军队把穹庐雏形摹搭。

一次战斗胜利需要安营把寨扎，
缴获了敌人大量的兵器和车马。
士兵们捡来了那些尖尖的长枪，
把它们绑起来做成防御的网架。

一个将军走了过来大声地讲话，
提醒士兵们用废弃兵器做些啥，
　"我们需要搭建一个坚固的兵营，
那是我们每一个军人过冬的家。"

士兵们都有一个聪明的脑袋瓜，
很快一个圆形房子建起来了，
它的房门就利用战车的车架，
长枪当椽檩，转圈顶在车轮下。"

用乌尼根绑成网格，围成圆圈，
外面用盾牌加固，做成了哈那。
士兵把自己的毛毡一块块铺搭，
最早的穹庐就出现在月亮之下。

古书记载游牧部落依水草而居，
转徙无常，概以穹庐栖止建搭。
白色的毡房可蔽风雪可防虎狼，
此种毡包即蒙古人的天幕生涯。

阿爸笑着说，"我的故事讲完了，
其余的就要去问你的阿妈。
穹庐就是，今天我们的蒙古包，
千年来，这就是蒙古民族的家。"

阿妈亲切地拉起我的手说了话，
"家里每年迁场两次，季节是冬夏。
我们的蒙古包，有它的特殊结构，
转场的时候，把毡包按照顺序拆下。

冬盘的草场，那是我们的地界，
要先以柳木，组定成硬圈放在地下，
四大结构要最先立起蒙古包门槛，
然后是套瑙、乌尼、哈那整体木架。

哈那承套瑙、乌尼，确定毡包大小，
哈那就是蒙古包那圈围墙的支架。
套瑙就是天窗、椽子和门框，
由顶毡顶棚、围毡、毡幕组成外搭。

蒙古包看起来圆形虽小无风阻，
但是包内的使用面积却是很大。
而且室内空气流通采光条件好，
冬暖夏凉从来不怕风吹和雨打。

亲爱的女儿，我讲完了自己的话，
从今天起你已经了解了我们的家，
咱们为蒙古包献上圣洁的哈达，
草原的家里有你的阿爸和阿妈。

我终于明白了蒙古包的伟大，
它是蒙古民族心中高耸的大厦，
那是亚洲游牧民族的一大创举，
更是阿爸额吉和我温暖的家。

音乐的慰藉

从小我就喜爱听音乐的叮咚，
是音符和数字里发出的声音。
随着音乐的节奏加快或减缓，
体内节律就与音乐同频共振。

节奏感鲜明的音乐令人振奋，
进行曲就是具有节奏的鲜明。
让我们想起浴血奋斗的时光，
使我们兴奋激动而热血沸腾。

旋律优美和抒情悠扬的乐曲，
则能使人轻松愉快情绪安定。
可以给心灵一个暂时的安慰，
音乐通过音调高低影响人心。

安静地欣赏音乐能受到抚慰，
音乐让人感受着心灵的颤震。
音乐能进入人们的心灵深处，
音乐能让你发挥出艺术热情。

自身的情感与音乐一起跳动，
改变那些低沉和悲痛的心境。
音乐可以使一天的疲乏减轻，
肌肉变得舒展而感觉到舒心。

音乐让人体会到不同的意境，
音乐是一种极为美妙的声音。
当歌声进入自己心里的时候，
融为一体就产生了心灵共鸣。

音乐在听觉上建造一个世界，
让人在精神和色彩产生共融。
尼采说单纯音乐的力量沉重，
不恰当用能深深伤害一颗心。

人们往往有来自心底的渴望，
音乐能舒缓压力和调节心情。
不同风格音乐有不同的感受，
美好与失落、快乐与悲痛人生。

音乐在脑海中勾勒视觉形象，
用音乐去理解内心更加平静。
通过内心里视觉形象的重叠，
欣赏音乐的人可以平复放松。

把隐藏内心情感和体验释放，
歌词会打动心弦而引起共鸣。
依照一种节奏一种规律生活，
通过艺术感染突出音乐作用。

音乐是人心灵的表达和诠释，
心灵的慰藉给自己一份触动。
静静的音乐中我们能感受到，
大自然的清爽与纯洁的人性。

音乐让我们松弛疲惫的心灵，
回忆一些美好的过去而放松，
歌曲带来倾诉和说服的双重，
让我们感觉这种精神的共鸣。

音乐把大家的情绪调整相近，
音乐中感受精神享受的相同。
悲伤音乐令人感到心情压抑，
欢快的音乐情绪高昂而振奋。

音乐世界会让你的想象产生，
情绪接受音乐音乐转换心情。
我们把注意力集中到音乐时，
感觉与音乐相同进入脑海中。

音乐的节奏会与人产生共鸣，
生活中任何一种美妙的声音，
都会在大脑中留下潜在印象，
音乐元素会把你的思维调动。

人变换兴趣以防止变得迟钝，
对美的感知理解是审美核心，
音乐智慧和哲学有更高启示，
世界在音乐再现中表达完整。

感恩自己

当今世界，自私复杂的人心，
年轻人会觉得越来越难以生存，
与其悲观失望，不如面对真实人生。

在这真实的社会里，
人们总喜欢这样那样的较真，
比容貌，比地位，比婚姻和家庭。

你羡慕他自由放飞的心情，
却不知自由，是父母流汗的背景。
一切都有代价，无论财富还是精神。

执着于外物，羡慕别人，
为嗔痴而烦恼的是，每个人的惰性，
如果要少烦恼，就要回归人性的真诚。

幸福没有答案，别人永远是别人。

快乐不止一条道路，体验自己的内心。

喜欢奋斗的方式，就是最好的内容。

只要目标坚定，才能相信命运。

一切都是自己的心念造就，

不远处，就是那美丽的情景。

不用感谢谁，感谢自己努力辛勤。

因为你选择了希望，

是自己选择，做了自己的贵人。

命运中所谓的失败与成功，

都只是内心的感受，

成功就在你的手里，未来也在心中。

每个人都有很艰难的时候，
只要你愿意坚守，就会成为过去。
想慢慢好起来，就要坚定信心。

生活中，很多事你暂时不能战胜，
不能克服，那就暂时容忍，
不能宽容的，是停止对生活的抗争。

真正的强者，从不承认自己有宿命。
怎么去看待，那就开动你的脑筋，
在奋斗中，去努力改变命运。

人生短暂，是稍纵即逝的过眼烟云，
这个世界就是由每个人组成，
是每一个人的成功，推动了世界的前进。

铭记瞬间

记忆深处友情的留恋，
往往是那些细小的瞬间。

原来最感动的温暖，
总是发生在不经意之间。

冬天寒冷给你捂捂耳朵，
大雨淋湿为你换上衬衫。

看你手紧急用兜里没钱，
借给你他那仅有的几元。

就在别人讥笑的讪讪，
挺身而出把一切正言。

这些算不上两肋插刀，
也不是江湖义气冲天。

一切都显得那么平淡，
却在我的心中牢记永远。

那些小事转身就会忘记，
可人的品德就体现在平凡。

最后都成了我们生活中，
美好而珍贵的怀念。

这是善良展现的温暖，
也是人性闪光的瞬间。

很多人都是靠着这些温暖，
才能熬过了心灵的悲惨。

像那年突如其来的暴雪，
和难忘极其寒冷的冬天。

悄悄地塞给你一碗凉面，
没人的时候把你的眼泪擦干。

世上所有的情谊皆是如此，
回想友情那淡淡的瞬间。

那些生活的滴滴点点，
一起拥有的温暖体现。

都会被深藏在心底里，
牢牢地铭记多少年。

把手放到同学口袋取暖，
病了在同事家安稳入眠。

曾经同窗相处的过去，
都有相互帮忙的那天。

这些不经意相处的瞬间，
会在心底里悄悄地绵延。

平凡的友谊就在交往的瞬间，
记住别人帮助自己的星星点点。

像那些转瞬而去的平凡，
正是最珍贵友谊的表现。

遇见月圆

你是伟岸梧桐，我是垂柳青青。
梧桐守护弱柳，柳絮为你飘颖。

扬花等候千年，并肩相随而行。
菩提之下祝福，只求世世倾心。

梧桐蔽荫遮天，柳絮缠绵似云。
往昔消逝转瞬，只唤相依之人。

人间所有缘分，都是灵感已定，
遇见合适情感，只盼月圆十分。

每一个人出现，在你生命之中，
都有存在理由，绝非偶然相逢。

有人让你信爱，有人教授爱情。
有人只来一程，让你长念一生。

一场花开纷纷，一次邂逅沉沉。
只盼生命之中，注定有缘之人。

与你倾心相遇，今生只愿陪君。
他日孟婆汤饮，江湖只恋一人。

如若还有来生，为君奋不顾身。
赶赴红尘渡口，甘愿轮回人生。

人间快乐悲伤，都要拥抱紧紧。
茫茫人海之中，找到你我重逢。

山河依旧会是，山川日月星辰。
年少时代向往，成了心中倒影。

爱是从来有缘，彼此相悦尊重。
若是喜爱相处，待君万千珍重。

朝朝暮暮皆卿，七情六欲是君。
并非一如当初，而是与日俱增。

喜君悲君亦成，悲欢离合不分。
平日相思不断，情感方长亲近。

双双出现欣喜，感谢厚爱真心，
终于遇见月圆，请君纳我余生。

呼伦和贝尔的传说

拿起了马头琴调好那琴弦，
把呼伦贝尔的故事来唱弹。
故事发生的年代非常久远，
随着悠扬的琴声传遍草原。

蒙古民族生活在这片草原，
人们勤劳友好善良又勇敢。
那姑娘们美丽男人们强悍，
大盗和小偷从来不敢侵犯。

在部落里有一对男女青年，
他们是真诚地相爱和相恋。
呼伦姑娘的美貌宛若天仙，
她跳起舞蹈小鹿都来相伴。

姑娘的歌声比蜜糖还要甜，
远飞的大雁纷纷落下围观。
小伙子贝尔勤劳善良勇敢，
他力大无比喜欢助人在前。

阿爸阿妈就生下这个男孩，
贝尔父母对儿子疼爱无边。
那年天火降临在美丽家园，
夫妇率领着大家奋勇向前。

他们救出了部落牛羊马群，
让蒙古包里老人孩子脱险。
为了部落人民的生命财产，
他们在自己的草原上长眠。

阿妈赐给贝尔无穷的力量，
阿爸留下了神弓和三支箭。
贝尔已经长得膀大又腰圆，
他继承了部落头人的胸圈。

贝尔带着呼伦见到了萨满，
我们成亲就要拜见长生天。
贝尔为呼伦戴上结婚指环，
呼伦和贝尔从此幸福相伴。

百鸟高唱衷心祝福的心愿，
苍鹰展翅送来美丽的花环。
马群踢踏跳着矫健的舞蹈，
人们欢快地歌唱在篝火边。

大家热情为呼伦贝尔欢呼，
我们的头人夫妇幸福无边。
部落人们无忧无虑地生活，
就在这片水草丰美的草原。

欢声和笑语又唤醒了恶魔，
莽古斯是草原阴险的坏蛋。
他开始攻击那附近的部落，
想要对贝尔来个调虎离山。

贝尔率队伍外出那天傍晚，
恶魔突如其来地降临灾难。
它大声破坏部落里的宁静，
把草原上的河水全都吸干。

旱魔莽古斯在狰狞地笑着，
他用沙粒把大小河流填满。

恶魔使劲把所有毡包掀翻，
绑走呼伦姑娘毁坏了家园。
成群的牛羊在饥渴中死亡，
没有饮水无法生存在草原。

贝尔奋力又回到自己家乡，
满目的凄凉到处一片悲惨。
毡包已被毁坏亲人也不见，
他要救回亲人并恢复草原。

贝尔抄起长刀带上那弓箭，
跨上枣红马奔向魔鬼天边。
他日夜兼程去寻找莽古斯，
冲进了魔鬼那无声的黑暗。

在这里他终于找到莽古斯，
打败了魔鬼英雄疲惫不堪。

贝尔四处搜寻呼伦的踪影，
有一朵阿日楞花就在眼前。
原来恶魔把呼伦变成小花，
让风吹日晒来把呼伦摧残。

瘦小的花朵已经奄奄一息，
亲爱的呼伦就在贝尔眼前。
贝尔用皮囊仅有的一点水，
把阿日楞花精心地来浇灌。

瘦小花朵一下还原成姑娘，
被复活的呼伦憔悴地出现。
姑娘紧紧拥抱着亲爱的人，
他们发誓挽救家乡的草原。

贝尔带领着族人清理河滩，
呼伦和姑娘们打井又砌圈。
没想到旱魔忽然露出了脸，
燃起熊熊大火直到那天边。

他再次掠走了美丽的呼伦，
撒了一把沙石吞噬了草原。
贝尔骑上红马拼命地追赶，
拿起阿爸的神弓连放三箭。

英雄射中了那旱魔莽古斯，
顿时大雨又倾盆浇灌草原。
旱魔把呼伦绑在自己身后，
他要摧毁一切和贝尔决战。

呼伦终于发现旱魔的灵魂，
是那头顶上宝珠绿色灿烂。
莽古斯和贝尔在殊死战斗，
她奋力把绿珠抢到了手边。

呼伦将绿色的宝珠吞下去，
从此那魔鬼不能再度还原。
姑娘眼含热泪远望着贝尔，
祈祷着看了爱人最后一眼。

"亲爱的贝尔，我即将要离去，
从此旱魔不能再侵袭草原。"
这时候山崩地裂，狂风大作，
呼伦化作成湖水激浪滔天。

贝尔奋力挥刀杀死了恶魔，
他莫名其妙地站在那湖边。
贝尔寻找自己美丽的新娘，
他悲痛万分地呼喊着苍天。

"我的呼伦，贝尔要和你同去！"
他愤然将自己的神弓折断。
一声巨响后草原已经塌陷，
贝尔也同时变成清湖一片。

一对情人用他们炽热的爱，
为草原把珍贵的生命奉献。
呼伦和贝尔那清澈的大湖，
湖水用乌尔逊河紧紧相连。

两颗年轻的心永远不分开，

马头琴美妙乐曲悠扬不断。

为了把呼伦和贝尔来纪念，

从此这里是呼伦贝尔草原。

注：这是流传在呼伦贝尔草原的传说故事，诗人把它改成了诗歌，用在
小说《贝湖魅影》里。

兴安岭的爱情树

大兴安岭的森林蓬勃茂密，
总会见到两棵树拥抱在一起。
一棵是高耸擎天的红松树，
还有一棵樟松紧紧地相依。

那是一个美丽而悲伤的故事，
闻之让人不禁泪水渐渐涟涟。
爱情总是有千折百回的经历，
最终却让你永远藏在心底。

大兴安岭山神的儿子那日苏，
生活在美丽富饶的森林王国里。
太阳神的公主娜仁托亚，
成长在富丽堂皇的天宫里。

那日苏从小聪慧待人谦虚，
骑射刀剑锻炼得英勇无比。
英俊少年被森林所养育，
王子的善良存在他的心底。

娜仁托亚勤奋学会了织锦，
她做出了五彩斑斓的彩衣。
公主出落得亭亭玉立，
成长为美丽聪慧的天姿少女。

娜仁托亚早晚随父亲巡天看地，
公主穿着亲手织就的五彩锦衣，
清晨伴随着彩霞的朝阳升起，
她微笑地看着穹窿望着大地。

傍晚西边的晚霞淡淡离去，
她伴随着父亲把黄昏收起，
娜仁托亚穿着五彩锦衣，
晚霞因少女的羞涩更加艳丽。

额尔古纳的干旱几百年未遇，
是旱魔又在无情地肆虐大地，
那日苏带领人马与旱魔大战，
赶走了旱魔也重伤了手臂。

他看着周围深深地叹气，
干涸的河床那些露着枯根的沙地。

草原的战斗太阳公主特别注意，
勇敢的王子让公主爱慕又欢喜，
她让自己的锦衣在空中飘来飘去，
草原上下起了倾盆大雨。

娜仁托亚的微笑温柔而甜蜜，
河床充满水流草原迅速变绿。
公主开始恋爱着年轻的王子，
她因多情霞光显得更加亮丽。

王子看见了天空上的彩霞，
娜仁托亚是那样的清纯美丽。
那日苏向弯弯的彩虹鞠躬行礼，
太阳公主让草原恢复生机和活力。

公主深深地打动了森林王子，
他爱上了娜仁托亚发誓要娶她为妻。
牡丹公主的秋波孔雀仙子的示爱，
王子都礼貌地拒绝了她们的爱意。

每天的清晨那日苏眺望着东方，
凝视着娜仁托亚朝霞的美丽。
每天的傍晚那日苏遥望着西方，
呼唤着娜仁托亚晚霞的绚丽。

早晚伴父巡天的娜仁托亚，
明白痴情的森林王子的爱意。
公主为那日苏的勇敢而感动，
她为那日苏的痴情而立志不弃。

公主决定到森林中去找王子，
去追求那份爱的真情实意。
娜仁托亚把想法告诉了父亲，
太阳神自然坚决不会同意。

"亲爱的女儿，你要好好考虑，
你离开了天国就会变成白云飘絮，
从此你不再是美丽的彩霞，
白云纯洁但没有霞光的七彩艳丽。
森林王子爱的是美丽的彩霞，
而不是一片普通的白朵云絮。"

"那日苏王子是个正派的青年，
我能理解他对我深深的爱意，
那日苏一定会认出彩霞就是我，
这个爱情女儿绝不会放弃。"

太阳神认真地说：
"如果那个年轻人他认不出你，
想要再回到父母所在的天国，
那将是十分的艰辛和不容易。
首先你要将身体坠入山崖，
将你自己变成一颗水滴，

经过岩石和树根的碰撞和磨砺，
再汇入山间的小溪，
最后经过河流进入大海的波涛，
在我的烤灼下变成蒸气，
要经历千辛万苦的磨难，
才能重新回到天国里。"

太阳神看到女儿的决心已下，
不由得连连叹气，
"以后妈妈拖着生病的身体，
随着我每天去巡视天地……"
公主的脸上留下了泪滴，
"我当然舍不得慈祥的母亲
和至高无上的父亲你，
可是女儿已经长大，
追求自己的爱情是天经地义。"
父亲的话虽然语重心长，
但公主已决定了去意，

她义无反顾地追求纯洁的爱情，
娜仁托亚要去寻找那日苏，
这是她心中热爱的唯一。

太阳神虽然疼爱自己的女儿，
可还是想要娜仁托亚明白道理，
"我把你锁在宫殿里，
让你慢慢明白女儿的责任，
我一定要你回心转意。"

激怒的太阳神锁住了宫殿，
公主在母亲的帮助下逃了出去，
"孩子，寻找爱情和幸福吧……
妈妈的心永远与你相系。"

公主离开了辉煌的太阳宫殿，
向大兴安岭的森林飞去，
渴望马上见到自己的爱人，
娜仁托亚的心里柔情似蜜。

太阳神得知女儿出走的消息，
他马上给山神下了一道旨意，
太阳神的声音十分严厉，
"美丽的白云是我的女儿，
你的孩子那日苏要娶她为妻，
你们全家都要好好地善待她，
你的那位少年敢于不同意，
这里森林和周围的草原，
将面临比旱魔更加炙热的大地。"

那日苏王子在心里琢磨：
"我爱的就是太阳神的女儿，
那霞光满天难道就是这彩云飘絮？"
那日苏的肩头飘来洁白的云絮，
她清新纯洁但绝没有彩霞的绚丽。
当然谁也不敢违背太阳之神的话语，
王子与白云结婚，那日苏娶了公主为妻。

这件婚事到此本来是多么甜蜜，
那太阳神却时时想让女儿回转心意，
他用光芒把那日苏王子的眼睛蒙蔽，
"从此你再也看不到彩霞，
只能在心里将她回忆。"

年轻的夫妇相敬如宾，
山神家里娶了一位好儿媳。
公主发现那日苏变得少言寡语，
他在清晨依然迎着朝霞，
呆呆地望着东方的天际。
傍晚又看着西边，
等待晚霞的出现和离去。

他没有认出公主就是彩霞，
那日苏的双眼已经被蒙蔽。
公主温柔地告诉他，"我就是娜仁托亚。"
而那日苏摇摇头，"你是白云我的妻。"

王子感觉到自己，
始终没有得到幸福的真正含义。

娜仁托亚失望地偷偷哭泣，
"难道真心的爱情，
会被表面的变化所失去？
王子内心的煎熬是因为彩霞，
他深爱着的彩霞就是我自己，
但是他的眼睛已经被蒙蔽。"

公主决定重新变成绚丽的彩霞，
回到天国的千难万险她都不惧，
"只要能使那日苏我的爱人快乐，
才是娜仁托亚爱情的真正意义。"

一天公主约王子到深山里，
站在那高高的悬崖峭壁，
此时的娜仁托亚泪水滴滴，
她深情地拉着王子说出了秘密。

"我的爱人，请你再看得仔细，
我是你身边新娶的娇妻。
在你的身边我是白云飘逸，
可你却没去想彩霞和白色的云絮，
里面都是纯洁的七彩水滴。

看到你闷闷不乐那样的忧郁，
为了你我要重新回到天国去，
我决心再变回你爱的彩霞，
不管前面的道路多么崎岖。"

娜仁托亚头上出现了彩虹，
那山风开始撕扯白云的身体，
为了恢复彩霞的美丽，
白云公主纵身向沟壑跳去。

这时如梦初醒的那日苏，
不顾一切地闪身跃起，

他拼命拉了住公主的手，
两个人同时坠入山崖里。

这山谷是那样的深不见底，
坠落中公主的彩虹出现得断断续续，
王子终于认出了公主的真身，
两人紧紧相拥着朦胧的泪眼相泣。

然而这一切都已经太晚了，
眼看着公主就要变成水滴，
那日苏拼命地呼喊着：
"太阳神啊，我最后的求你，
让我们生生世世永不分离。"

在大兴安岭深深的谷底，
他们坠落的地方，
长出了两棵树苗翠绿，
太阳神懊悔地流下了泪滴，
兴安岭顿时溪水萋萋。

从此在大兴安岭茂密的森林里，
你会看到爱情之树相拥而立。
一棵是落叶松树，高大挺拔擎天而去，
一棵是樟子松树，苗条端庄秀丽，
两棵树相偎相依，他们紧紧拥抱在一起。
这就是那日苏和娜仁托亚真正的爱情，
凡是长着双松的地方，就会有彩霞的美丽。

注：大兴安岭地区的中部，素有"绿海明珠"之美誉。栖霞山上，有一对紧紧相依相偎在一起的松树，犹如一对意笃情深的恋人，令游人驻足凝思，叫情侣顿生羡慕。这两棵树中，一棵是落叶松，长得高大挺拔，一棵是樟子松，长得端庄秀丽。两棵松树皆有名，高大挺拔的落叶松蒙古语叫"那日苏"，是松树的意思，端庄秀丽的樟子松叫"娜仁托亚"，是彩霞的意思，汉语名曰"栖霞双松"。

小青马的传说

故事总是发生在很久很久以前，
牧人们生活在美丽的阿拉善草原。
一位年轻人的名字叫做宁金，
他放牧着巴彦的牛羊在居延海湖畔。

他的父母因病早早地归天，
留下小宁金孤苦伶仃大家轮流照看。
这里的草原辽阔人们的距离很远，
可怜的孩子总是忍饥挨饿顶霜沐寒。
只是庆幸十八年过得如同那飞箭，
宁金虽然风餐露宿却已经长得膀阔腰圆。

年轻的牧人善良又勇敢，
遇到灾难他帮助别人总在最前面。
宁金把邻家的羊群赶回了他们的羊圈，
自己放牧的峰驼和羊群已经跑散。
他几次跳入结冰的居延海湖中，
让落入冰湖的男女脱离了危险。
他在大火中救出十几户的老人，
宁金高尚的品德传遍了阿拉善草原。

年轻的牧人对马儿特别喜欢，
可他只有一匹很老的马跟随在身边，
多么渴望自己能有一匹飞快的骏马，
只要一声呼哨就已经跑到天边。

一天他在居延海放牧到了傍晚，
他看到一匹神马竟然飞奔在湖面，
展开的翅膀那光芒就像湛蓝的天，
眨眼间神马来到宁金的面前。

神马一头栽倒在牧人的身边，
翅膀和身上扎着十几支闪光的箭，
原来她负了重伤，身上鲜血正慢慢流干。
她对着牧人说话，已经是气嘘吁吁：
"我是东海的神马，可我爱上了凡间，
在那里有了自己的孩子，我怀他整整一年。

因为违反天条，龙王要把我们都杀掉，
救救我的儿子，这是一位母亲的心愿。
居延湖底通着东海，追兵就在后面。"
话刚说完她就闭上了美丽的双眼。

牧人看到在神马的翅膀里面，
一匹青色的小马睡意正酣。
宁金立刻把马驹抱走藏在母驼身边，
为了不让龙王的追兵发现，
他用身体挡着紧紧地贴着马驹的脸。
宁金心里暗暗地发誓："放心吧，
伟大的母亲，从此我和它命运相连，
我一定会实践，自己的诺言。"

没看到什么东西出现，
神马的尸体瞬间就不见，
牧人摸着马驹，紧张得全身颤抖，
他只感到小马身上的温暖。

宁金让小马尝到骆驼奶的甘甜，
慢慢地给它喂湖边青嫩的小草解馋。
为了让它尽快长大体壮膘满，
还要在马驹饭食里加些珍贵的盐。

白天他用毯子包裹着马驹去放牧，
晚上他把小马搂在自己的胸前，
小马夜里不停地蹬踢翻转，
宁金知道马驹没有忘掉妈妈的苦难。

牧人日夜操劳精心饲养，
即使自己吃不饱每餐都是一人一半。
小青马同牧人结下深情厚谊，
就像亲兄弟那样形影不离地相伴。

每当主人坐下休息，
小马就依偎在主人的身边。
夏天带着小青马到居延海畔，
他们一起用清澈的湖水洗身洗脸。

宁金轻轻地为小青马擦身，
小青马撒着欢激起湖水漪涟。
他俩在湖边嬉笑奔跑，
那圆圈在湖面不断扩展。

秋去冬来，冬去春还，
马驹长成了青色公马昂首向前。
宁金尽情地抚摸着它光滑的身体，
小青马用嘴巴嗅着主人的衣衫，
它不让任何人靠近年轻的牧人。

小青马比其他同龄马要高大许多，
像一尊铁塔直立在主人的身边。
三岁时已经是无人超越的骏马，
它一迈开腿飞驰就如闪电一般。

在千里外的乌拉山草原，
有一位美丽的姑娘叫山丹。
她长途跋涉去探望远嫁的姨娘，
在十二岁的冬季到过阿拉善。
没想到父亲走错了路，
全家掉进了裂开的居延海冰面。
这时有人跳入冰湖救出了他们，
那是一位手腕带着木珠的勇敢少年。
小姑娘湿漉漉地趴在少年的耳边，
"我要嫁给你，不管要等多少年。"
事后宁金谢绝了山丹父亲的酬谢，
这件事牢牢地印在姑娘的心田。

纯朴善良天真美丽的山丹，
纯洁的爱情一直牵挂在心间。
姑娘到了出嫁的年龄，
山丹出落得就像天仙。

慕名来了很多提亲的人，
都是带着厚厚礼物的富裕青年。
没想到山丹一个都不去看，
"我要嫁的是那个，救我的青年。"
她把自己的心事告诉了回来的姨娘，
用自己的银镯和对方木珠去交换，
"不管宁金身无分文，只要他真心一片。
如果那青年同意，请他来到乌拉山。"

当山丹的姨娘把手镯摆在面前，
宁金想起了那年冬天的湖面，
女孩儿趴在他的耳边，
"我要嫁给你，不管等待多少年。"
"她的眼睛，就像湖水那样蓝，
她的容貌就像天仙……"
那姨娘还在夸着自己的外甥女，
却被年轻的牧人一下子打断：

"我同意这门婚事，这是天赐的姻缘，
我只有一头母驼，和十只山羊，
这些就是，我的全部财产。"

宁金取下母亲留给自己的木珠，
把山丹的手镯用羊皮包好放在胸前。
姨娘说："乌拉山有千里之远，
就是最快的马匹，也要七天。
我为你准备了，半个月的干粮和马料，
也请人写好了，你们相认的信件。
只要你这次定亲回来，我们大家一起，
在秋草羊肥的时候，把你的婚礼操办。"

年轻的牧人准备好小青马的马鞍，
带好干粮马料和给山丹父母的信件，
他们准备出发，太阳刚刚露出了地平线，
小青马早就耐不住地在原地打转。

宁金从来没有走过路途这么遥远，
他仔细计算过一千五百里的时间。
他拍拍小青马，"伙计出发吧，
到达乌拉山应该是，三天的时间。"

小青马能感觉到主人的兴奋，
它跑起路来就像腾云驾雾一般。
年轻牧人闭上眼睛感到耳边生风，
月亮刚刚挂上树梢他们就到了乌拉山。

晴朗的秋夜月光潺潺，
年轻的牧人坐在山丹的蒙古包前，
看着神奇的青色骏马，
年轻骑手不断地赞叹。

小青马真是匹神奇的骏马，
千里迢迢的道路就在转眼之间。

飞翔的雄鹰不要再夸你的翅膀，
当你叫声未落我已到了你的巢边。

宁金忍不住拉起了马头琴，
悠扬的琴声掠过了乌拉山草原。
抒发心中难以压抑的激情，
他的琴声惊醒了梦中的山丹。

美丽的姑娘在毡房里努力分辨，
"现在是黑夜还是白天？
悠扬的琴声分明是在表述爱情，
我现在究竟是清醒还是梦幻？"

从蒙古包里走出了姑娘山丹，
她清楚地看到一个青年坐在门前。
树上归巢的百鸟纷纷惊醒，
有一匹马儿在月光下毛色湛蓝。

沉睡的走兽都在侧耳静听，
悠扬动人的马头琴声不断。
　"我是来自阿拉善的宁金，
来见美丽的姑娘山丹。
我们已经确定了终身大事，
我要在这里等到朝霞满天。"

姑娘轻声地召唤，
　"亲爱的阿拉善青年，
我已经等了你整整六年，
从你救出我的那一刻起，
我们的命运就紧紧相连。

一千多里的路途多么遥远，
风餐露宿又是多么艰难。
乌拉山夜里的露水已寒，
快进来毡包里暖一暖。
请你来我们的毡房，
和我的父母见面。"

山丹拉起远方到来的情人，

回到包里，跪在父母双亲的面前。

山丹的父母看着眼前的宁金，

"多好的女婿，感谢长生天！"

"你们的婚礼一切从简，

现在就确定娶亲的时间，

当沙枣树的芳香飘洒在额济纳两岸，

我们乌拉山送亲的队伍，

就会把新娘子送到居延海边。"

宁金在乌拉山待了两天，

和山丹的情感缠缠绵绵。

他和姑娘商量三天以后见面，

"我的神马千里路只用一天。"

"有了小青马，即便放牧在千里天边，

也能暮去朝回，和心爱的山丹相见。"

年轻人随着马儿奔驰，放开歌喉

纵情地歌唱着心中的爱恋。

没想到歌声传到了东海边，
让害死了小青马母亲的龙王听见，
"人间的马只能日行百里，
难道说又有神马逃到凡间？"
他忽然想起了几年前，
神马被射死却没有孩子露面，
"这匹小青马一定是我要寻找的，
原来他漏网在阿拉善草原。
三天后他们还要见面，
把那个姑娘抓来看看，
用她作为钓饵我在龙宫等着，
一定要抓住小青马和那个青年。"

从阿拉善到乌拉山草原，
小青马跑起来快似闪电。
草原上传颂着小青马的神威，
年轻牧人的歌声在山谷中震撼。

当宁金来到山丹家的门前，
见到山丹的母亲泪水涟涟。
"昨晚一个怪物抓走了我的女儿，
说要你用小青马来换山丹。
他们定下的日子是五天以后，
交接就在居延海湖畔。"

年轻的牧人怒不可遏，
心中的怒火一下子点燃。
宁金明白这是龙王在捣乱，
抓走了美丽的爱人山丹。

这时小青马忽然开口发言，
"我还记得几年前的那一天，
我的母亲栽倒在你的身边，
她背上中箭鲜血流干，
把我嘱托给你，是你保护了我，
可是母亲死在我们的面前。

既然龙王要的是我，
那就把我送到他的宫殿，
你只管换回山丹姑娘，
将她送回姑娘父母的身边。"

年轻的牧人惊奇得仰天长叹，
"你真是英雄，浑身是胆，
竟然还会讲人类的语言。
你继承了神马母亲的勇敢，
可是不能把我看成了懦夫软蛋。
虽然他们抢走我的妻子，
可我绝不能拿朋友与龙王做交换。

好在我们还有五天时间，
先要想办法与他们周旋。
你知道我们之间情同手足，
小青马我们要共同救出山丹。"

小青马紧紧盯着年轻牧人的脸，
他的眼睛被泪水充满，
"我时刻等着为母亲报仇，
让我们冲向东海龙王的宫殿。
母亲曾经讲过居延通向东海，
我们要从这里出发去救山丹。
只要救出你的姑娘，我报了母亲的大仇，
即便牺牲在海里也死而无憾。"

"我们去摘取千里外雪山上盛开的雪莲，
那是世上最神奇的花朵，
把它吃下去会给我们力量，
而且还能在水里自由呼吸。"

宁金骑上他神奇的小青马，
飞驰着来到千里外的天山。
小青马不顾一切向山顶飞奔，
哪管悬崖峭壁积雪覆盖的冰川。

登上雪山，盛开的雪莲光辉耀眼，
牧人欣喜地摘下了三朵雪莲。
小青马立刻吞掉了一朵神花，
另一朵也消失在牧人的嘴里面。
他顿时觉得自己浑身都是力量，
小青马昂着头身体长大了一圈。

小青马还是坚持原来的想法，
他要用自己去换回姑娘山丹，
"是年轻的牧人当年救了我，
现在就是我报恩的时间。"

宁金早就把龙王的阴谋看穿，
他和小青马认真地交谈，
"不许你随便胡思乱想，
那龙王可不像你想得那么简单。
这一回定要救出我的新娘，
可绝不能用你的生命来交换。"

他们两个认真地商量了一天
把各种危险都考虑了一遍。
最后终于想出了一个办法，
他们牢牢地把计划记在心间。
小青马点着头认真地说了一遍：
"到了海底我们要分开出现，
大海里最重要的是定海宝珠，
我们只有找到它才能救回山丹。"

年轻的牧人骑着小青马，
勇敢地跳进了居延湖里面，
湖底的世界实在令人称奇，
那湖水像两堵墙一样退向两边。

慢慢地水墙变得很蓝很蓝，
他们已经到了东海里面。
他们在水中奔跑了整整一天，
终于来到了东海龙王的宫殿。

小青马绕着龙宫跑了几圈，
看到有几匹神马散步悠闲。
"前辈们，我是西海龙王的信使，
我们的神珠找不到了已经三天……"
小青马和那几个神马搭讪，
他天生就会讲神马的语言。

"龙王丢了神珠大海会浪涛翻天，
西海龙王怎么也把丑事办？
东海龙王偷了一颗女娲补天石，
才解救了东海的危难。"

"听说龙王抓回凡间姑娘叫山丹？"，
"对，是我驮着大王去乌拉山草原，"
"这是要做妃子还是煲人肉饭？"
"这是大王的计谋，双雕一箭。"

"那女人关在后宫的冷园，
是做钓饵去抓两个凡间的傻蛋。
要用炼丹炉把他俩过一遍火，
这才能送去昆仑作石补天。"

小青马弄清了龙王的阴谋，
他又念叨着，"可西海龙王怎么办？"
那神马一句话就解了他心中疑团，
"原来我们的宝珠放在龙宫保管，
现在龙王把镇海珠含在嘴里面，
这一回谁也无法再惦念。"

弄清了事情的细节根源，
牧人自己来到龙王的宫殿。
他要拖住龙王与他争辩，
争取时间让小青马去救山丹。

年轻的牧人到来如同闪电，

东海龙王奇怪地看着眼前：

"你这个草原上放牧的年轻人，

怎么能轻易就来到大海里边？"

年轻的牧人对龙王高声地喊：

"求东海龙王为我做主，

东海里有个十恶不赦的坏蛋，

抓走了我的妻子名叫山丹。

现在我来海底寻找妻子，

求大王找出坏蛋为我申冤。"

狡猾的龙王眼睛转了几转，

他怀疑地看着眼前，

"这个牧人就来自凡间，

看来他的水下功夫不浅，

不过就算你有三头六臂，

也逃不出我龙王的计算。"

"小伙子不要先急红了脸，
能确定那姑娘就在大海里面？
我是东海龙王一言九鼎，
要记住我是海里的神仙。
你要让我找出山丹为你破案，
这事其实可没有那么简单。
我想了一个办法，咱们来交换，
你的人归还给你一定能实现。
年轻人你是不是叫宁金，
住在阿拉善的居延海湖畔，
你的坐骑可是一匹小青马，
你们的相识应该在六年前？"

听龙王提起六年前，
年轻的牧人立刻泪流满面，
"龙王说得都对，时间已经六年，
长着翅膀神马倒在我的面前。
她的身上被射中了十几箭，
就在我的面前闭上了双眼。"

龙王的眼皮都没眨一下，
他的回答是那样无理和傲慢，
"那是她违反天条咎由自取，
神圣的法律谁都不能冒犯。
我作为海里唯一的主管，
对身边的神马当然要更严。"

牧人知道面对的是一个恶魔，
他决定要把龙王的诡计揭穿，
"法律规定将犯天条者逐到凡间，
你却将他们全族都要杀尽杀完，
今天你又抢夺凡间民女，
还要把她作为妃子纳入龙宫。"

年轻牧人的话一下子触怒龙颜，
他示意手下人把龙宫大门紧关。
"今天你既然来了就不要想走，
竟然敢在龙王面前信口雌黄。"

年轻的牧人十分勇敢，
他挥舞着手中的套马杆，
　"你把我的新娘绑到海底宫殿，
这是强盗所为，哪里像是神仙？
把她送出来就免除你东海的灾难，
不然我就把你的龙宫搅翻。"

老龙王哈哈大笑咳嗽半天，
　"草原上的小儿乳臭未干，
你有什么武艺和手段，
　也敢在我的面前放出豪言。"

东海龙王越是得意扬扬，
咳嗽起来也就连声不断。
青年牧人叫龙王实践诺言，
　放回他心爱的姑娘山丹。

就在牧人和龙王斗争的中间，
小青马找到了关在后院的山丹。
她昏迷不醒地被捆在房间里，
小青马驮着她就跑出了后院。

小青马飞快地浮出了海面，
把姑娘送到了乌拉山草原。
她的父母对小青马千恩万谢，
小青马转身又回到大海边。
　"现在我们可以大干一场，
要在东海掀起波浪滔天，
我要为母亲报仇雪恨，
要让那个龙王的黑血流干。"

龙王咳嗽得气喘吁吁，
　"说好了五天以后交接在湖畔，
你们早来了就是不守诺言。
把小青马交到我的龙宫里边，
否则你别想再见山丹的面。"

就在这时小青马忽然出现，

"凶狠的龙王，我来到你的宫殿，

请履行你曾经的诺言，

不然我就大吼一声，

让你的虾兵蟹将全都完蛋。"

龙王走到了小青马的身边，

小青马高大的身躯美不可言。

他上下端详着小青马的身段，

得意的笑声和咳嗽连续不断。

小青马对着他的后背就是一击，

一下子镇海龙珠咳出了嘴边。

小青马立刻飞身扑向前，

他用嘴接住了那颗宝珠，

马上吞到了自己的肚里面。

他摇晃了一下身体，

大海立刻就掀起波涛巨澜。

龙王的宫殿摇摇晃晃，
吓得那些鱼虾到处去钻。

牧人飞身跳上小青马的马背，
他们冲出龙宫那速度就像闪电。
任你龙王的阴谋诡计多端，
丢了宝珠以后东海再无平安。

宁金飞速地到了乌拉山草原，
他给昏迷的山丹吃了那朵雪莲。
美丽的姑娘一下子苏醒过来，
紧紧抱住了相爱的青年。

东海龙王气得吐血连连，
他挥舞着手脚大声叫喊。
龙宫太子跑到龙王的身边，
那邪恶的老龙已经命丧黄泉。

东海的太子发誓要复仇，
他召唤来海里的所有神仙。
"我要用海水把草原来淹，
让阿拉善变为大海的蔚蓝，
把那些牧人和牛羊都变成鱼虾，
他们永远都在我的手心紧攥。"

居延海的海底与东海相连，
东海的海水在阿拉善草原泛滥。
牛羊和毡包被卷进浪涛，
草原的毁灭只在那一瞬间。

东海的大水淹掉了家乡的草原，
这个消息已经在到处流传。
年轻的牧人还在思前想后，
小青马对年轻牧人开了言：

"主人呵，要拯救阿拉善草原，
只有堵住居延海和东海的相连。
东海龙王的镇海石在我的身上，
治理洪水请让小青马来实现。"

他们立刻动身赶往阿拉善，
小青马放下了宁金继续向前。
只见居延海天连水水连天，
那湖的中心就是万丈深渊。
小青马长嘶一声冲进湖心，
居延海掀起了滔天的巨澜。

那声长嘶把大地震撼，
小青马变成了巨大的石山，
堵住了连接东海的通道，
滔滔的大水退回居延海里面。

牧人从此失去了心爱的小青马，
可是没有别的办法来拯救草原。
年轻宁金的眼泪流成了小河，
他听到小青马的声音在头顶回旋。

"亲爱的朋友，我的好伙伴，
我用自己的身体化成一座大山，
堵住了东海海水的波浪滔天。
我把自己的身体留在了草原，
这一切都是为了我们可爱的家乡。
我的灵魂已化做云朵飞上蓝天，
在天上可以随时看望居延湖畔，
现在我与亲爱的妈妈相伴。

我的马鬃和马尾变成了胡杨，
他们会蓬勃生长在淡水河边。
年轻的牧人我的好伙伴，
你要是想我就去胡杨林看看，
每年阿拉善草原的秋季，
我用金黄的色彩来把你陪伴。"

宁金同美丽的山丹相亲相爱，
他们的生活幸福而美满。
胡杨林金黄的叶子年年变换，
小青马的故事代代流传。

骆驼山

故事总是发生在很久很久以前，
那时候在浩瀚无垠的沙漠里边，
生活着的蒙古部落勇敢而彪悍，
这里无法养育那些牛羊和马匹，
只有骆驼是人们的财富和伙伴。

蒙古人拥有着丰富的生存经验，
从来都是与这些动物相随相伴，
马匹是草原战斗中奔驰的车辆，
最忠实的守卫是草原上的家犬。

鲜嫩的羊肉是大家每天的食物，
牛的乳汁是人们生命中的甘泉，
骆驼在沙漠行走如平原和大川，
它们都是蒙古人生活中的成员。

我们蒙古人与这些动物的关系，
就像对自己的孩子与亲人一般，
当心爱的狗和马还有骆驼老了，
一定要埋葬在鲜花盛开的草原。

沙漠部落里有个叫哈达的青年，
他从小就聪明善良勤劳又勇敢。
家里小白骆驼和哈达一起出生，
他俩从小就是密不可分的玩伴。

小白骆驼温顺地睁着两只大眼，
十分的憨厚善良而且任劳任怨。
无畏和坚韧是所有骆驼的性格，
每遇到困难总是它们挺身在前。

哈达六岁那年旱魔笼罩了沙漠，
沙漠里湖泊湖水全都消失不见，
部落派出很多找水的人和骆驼，
哈达父亲骑母驼出去已二十天。

家里那只母驼是小白驼的母亲，
她身体高大两个驼峰就像小山，
骆驼扁平蹄子底下是肉质脚垫，
她嗅觉十分灵敏多次找到水源。

哈达阿妈卧床不起病了很多年，
现在家里事情都由小哈达来管，
他的阿爸外出找水已经很多天，
找水的人只剩下阿爸尚未回还。

大家在百里外找到死去的阿爸，
旁边忠实的母驼也闭上了双眼，
他们被撕咬的伤口已全部腐烂，
还有几只死狼躺在阿爸的身边。
能看到母驼一直挡在阿爸前面，
那英勇的母驼鲜血也早已流干。

他们躺着的沙地是珍贵的水源，
凶恶狼群攻击牧人和骆驼伙伴，
阿爸为了保住沙漠水源的地点，
只能和狼群进行着殊死的搏战。

得知丈夫的噩耗阿妈闭上了眼，
哈达和小白驼成了孤儿真可怜。
部落人们安葬了哈达父母双亲，
把小白驼的母亲也陪葬在里面。
哀伤的马头琴曲在大漠里飘荡，
这一切都回归了神圣的大自然。

部落迁移到父亲找到的新水源，
大家齐心协力挖出了湖水涟涟，
部落的亲人们都感谢哈达父亲，
小哈达由善良的高娃抚养看管。

高娃身边有个小姑娘叫苏日娜，
她整天跟在哈达和小白驼后面，
转眼间哈达成长为英俊的少年，
苏日娜出落得如美丽仙女一般。

白驼长得高大威猛像一座小山，
四条粗腿上各有一个鼓包团团，
高娃额吉对他们三个十分疼爱，
苏日娜和哈达已经深深地相恋。

浩瀚沙漠还有外面辽阔的草原，
属于叫作阿拉坦仓的王爷掌管，
他举办那达慕吩咐了各个部落，
交齐骆驼和牛羊租金决不能欠。

苏日娜在沙漠从没离家百里远，
那达慕的盛况吸引她想去看看。
哈达留在家里帮着额吉做奶食，
家里的事情总需要有人帮着干。

王爷府在二百里以外北部草原，
部落的人一去一回就得十几天，
苏日娜骑着小白驼参加那达慕，
哈达担心苏日娜总是忐忑不安。

那达慕大会上真的有阴谋出现，
那个昏庸王爷好色奸诈又贪婪，
他看到美丽的苏日娜貌若天仙，
决心将这个姑娘留在自己身边。

王爷把部落头人留下说要聚宴，
对部落头人拍着桌子又瞪着眼，
"你的部落欠缴我税金已经三年，
不能让你们一直这样欠账不还。
我也不多收你们的骆驼和皮毛，
只要给我一个人旧账都能清算。"

部落头人问，"尊贵王爷百姓的天，
沙漠部落的税金从来不短不欠，
您讲的税收到底是哪条哪一款？"
王爷一摆手，"我是王法我说了算，
增加的人头税部落用女孩来换，
只要把苏日娜交出账就不再欠。"
头人和王爷争辩被赶出王爷府，
王爷派出兵丁把姑娘抢到后院。

苏日娜走出沙漠去观看那达慕，
哈达的心里就一直十分的惦念，
忽然看到小白驼飞驰一路尘烟，
见到哈达就双膝跪倒泪流满面。

它伸着脖子叼起挂在门边弯刀，
又用鼻子顶着旁边的弯弓和箭，
急促的呼吸向主人表示着什么，
哈达立刻明白苏日娜遇到危险。

"额吉，我要马上赶去王爷府前，
去解救我珍贵的妹妹您的心肝，
她现在遇到坏人的威逼和胁迫，
我要赶快去给苏日娜解除危难。"

哈达骑上了白骆驼拿好了刀箭，
忽然听到了一个声音响在耳边，
"我最好的朋友请闭上你的双眼，
要飞腾起来我们才能快步向前。"

哈达紧紧地抓住白驼紧闭双眼，
只感觉到耳边嗖嗖地响成一片，
当他睁开双眼已经到王府后院，
二百里路才用了一袋烟的时间。

这时他听到王爷的声音在大喊：
"这几天，我对你耐心地说了又劝，
嫁给我王爷你从此就不愁吃穿，
只要你顺从于我那你就是王妃，
这沙漠和草原都会有你的一半！"

又听到苏日娜义正词严地说道：
"我丝毫不羡慕你的财富和金钱，
只有深爱的人才是我终身伙伴，
王爷您应该是位品行高尚的人，
希望您能让我回到自己的家园。"

此时王爷的话，更是无耻而厚颜，
　"沙漠部落的女人本身就是贫贱，
你在我眼里就如一条母狗一般。
王爷我只要和你随便地玩一玩。
然后扔到马队的那些男人群里，
让士兵们也尝一尝野花的新鲜。"

哈达抽出弯刀立刻冲进了后院，
王爷正把姑娘拖向自己的房间，
年轻的哈达愤怒地挥刀砍下去，
王爷的黑血在那屋里四处飞溅。

哈达已经被王爷府的家丁发现，
　"王爷被人杀了"，他们大声地高喊，
王爷的儿子带着十几个人赶来，
他们把哈达和苏日娜围成个圈。

"你这个沙漠里的奴隶竟敢造反，
你杀害了王爷犯下了大罪滔天，
今天我要把你俩全都剁成肉酱，
要把沙漠部落的族人通通杀完。"

忽然那头白骆驼冲进了包围圈，
用大脚把包围的家丁统统踢翻，
"赶快来骑到我的身上，我们快走，
王爷的百人马队已经到了府前。"

白驼腾空而起背负着两个青年，
四条腿上伸出了八个翅膀在扇，
王爷的家丁都听到白驼在说话，
一个个吓得瘫在地上浑身发软。

王爷儿子使劲地甩着他的马鞭，
"再不起来，我就让你们皮开肉绽。
发誓把沙漠部落的人全都杀光，
哪怕他们跑到什么海角和天边。"
小王爷集合几百人把刀箭带全，
开进沙漠里要把人杀光才心甘。

再说白骆驼载着哈达和苏日娜，
他们准备一起逃到更远的天边，
可是那个恶毒的小王爷讲的话，
时时刻刻都在他们的心头出现。

我们逃走部落里的族人怎么办？
就算我们的神驼有天大的本事，
可是部落也逃不出沙漠的边缘，
难道族人任由王爷的人来杀完？

哈达为了苏日娜和族人的安全，
终于下定了决心要求白驼回返，
"人是我杀的，应该用我的命偿还，
他们就不会再和部落族人纠缠。"

白驼缓缓落下停在一个小湖边，
"朋友即使你把自己交给王爷府，
他还要把我们的部落斩尽杀完。
回到自己部落让大家多做准备，
用自己的力量保证部落的安全。"

哈达和苏日娜听从白驼的意见，
他们回到沙漠部落族人的身边，
哈达把救人的过程又讲了一遍，
沙漠部落里族人个个义愤冲天。

头人部署年轻人准备刀枪弓箭，
把打狼夹子埋在沙漠道路两边，
沙漠部落的族人现在同仇敌忾，
要把王爷卫队消灭在营地外面。

探听消息的人回来后浑身打战，
"小王爷纠集了周围王爷的兵员，
总共有一千多人向沙漠里开来，
离我们营地距离只有半天时间。
我们妇孺老幼，加起来总共五百，
如何能抵挡，那么多官军的进犯？"

白驼跪在哈达和苏日娜的面前，
大大的眼睛里那眼泪长流不断，
"告诉部落所有的亲人们放心吧，
我这就去把那些坏人全部阻拦。"

说着白驼就立刻飞身跃进云端，
族人们目瞪口呆地看着它飞远，
紧接着大地隆隆巨声响成一片，
出现了高耸入云白雪皑皑大山。

哈达的朋友白色神驼变成山脉，
王爷的军队全部被压死在山间，
骆驼山陡峭东西绵延着几百里，
从此这片沙漠和北方全都隔断。

慢慢地沙漠气候开始彻底改变，
沙漠变成鲜花盛开绿色的草原，
哈达和苏日娜生活幸福而美满，
人们永远忘不了神奇的骆驼山。

哈素海的故事

传说很久很久以前的敕勒川，
有一位美丽的姑娘叫阿日善①，
她和家人们就住在阴山的脚下，
族人的嘎查就在黄河的岸边。

那条高勒②围绕在嘎查旁边，
这里的草原肥美是黄河浇灌，
有一天那条大河忽然枯竭断水，
那是上游的河流洪水泛滥。

没有了河流，阴山变得赤身裸露，
敕勒川草原绿色也渐渐变淡，
头人们忧虑地议论着向南迁移，
所有的族人只能祈祷长生天。

为了家人，姑娘拿着皮囊四处寻找，
只为找到一些水来为家人做饭，
在一天有雾的早晨，
她行走在干枯的河边，

---

① 阿日善：蒙古语，圣水之意。
② 高勒：蒙古语，黄河之意。

看着眼前河床里只有泥潭，
姑娘的心里被忧愁所填满。

突然有个声音响在她的耳边，
　"姑娘的眼睛比天还蓝，
你的脸又是那样的娇艳，
这样的美丽姑娘我第一次遇见。"

姑娘回头仔细地向河里查看，
河中的淤泥里一条大鱼对着她的脸，
姑娘蹲下仔细地端详，
那鱼身上长着金黄色的鳞片。

美丽的大鱼有一双温柔的双眼，
他的声音也是那么清澈温暖，
大鱼说如果姑娘愿意常常来看他，
他就每天送水把她的水囊装满。

阿日善看着早已干涸的河床，
却留下了这个很大的泥潭，
那条大鱼只是对着姑娘摆了摆尾，
甘甜的河水就把阿日善的皮囊装满。

鱼儿和姑娘一样的诚实心安，
他们的心灵都是纤尘不染，
姑娘坚持每天早晨都去和大鱼相会，
鱼儿也履行着承诺把水囊来装满。

慢慢地左右邻居都来求她，
装水的皮囊在她身上挂满，
这些足够嘎查的人一天的使用，
全嘎查都能有水饮马和熬茶做饭。

家人总在不停地追问水的来源，
姑娘告诉他们就在河边的水潭，
人们跑去那里只有深深的泥潭，
可姑娘不做回答眼角露出笑颜。

黄河断流慢慢枯黄了草原，
大家不断地祈祷着长生天，
人们实在不舍这片美丽的草原，
只能期待着雨水把黄河灌满。

阿日善每天迎着朝阳来到河边，
她只是轻声细语地把大鱼来呼唤，
一会儿那条金黄色的大鱼就会出现，
两个人隔着泥潭相视但心灵相连。

"我的名字叫昂格尔……"
"阿妈叫我阿日善……"
他们慢慢交谈，除了河水还有雄伟的阴山，
姑娘发现自己真的爱上了大鱼，
晨雾里绵绵情意就在不断地发展。

终于等到了那么一天，
昂格尔希望姑娘能答应自己的心愿，
姑娘脉脉含情答应了做他的妻子，
大鱼从河里走出来变成了英俊青年。

"我离不开水，也就不能长期离开泥潭，
我们的相爱深远，可是相会却很短暂。"
"这些我都能忍受，只要每天都见一面，
既然我爱你，就不怕困苦艰难。"

"你要做一个改变，需要再坚持几年，
从草原马背上下来，变成水里的睡莲。"
"只要是你的吩咐，我一定都去照办，
因为这是爱的需要，那我们就能永远相伴。"

大鱼青年紧紧地拥抱着阿日善，
他亲吻着姑娘，激动得泪水涟涟，
"我会让河水重新流入你的草原，
让这里的草更绿天更蓝。"

昂格尔对阿日善嘱咐，要离开两天，
"在后天有雾的早上我们再见面，
我要带你离开这里，
去寻找我们幸福的花园。"

这个昂格尔其实是河神的变幻，
他是路过这里视察周围的干旱，
可是他爱上了这个善良美丽的姑娘，
于是变成了大鱼停留在淤泥里面。

不远的苏木有一个叫朝鲁的坏蛋，
他整天骑着马四处惹事游手好闲，
这个家伙看上了美丽的阿日善，
有一天偷偷地跟着她来到河边。

他发现了姑娘和大鱼相会，
顿时就有一个恶毒的想法浮现，
"我要先把这条怪鱼弄死，
再把阿日善姑娘抢到身边。"

他回到嘎查，到处去叫喊：
"我们的阿日善被鱼妖纠缠，
大家快和我一起去河边看看，
是那个鱼魔切断了我们的水源。"

朝鲁带着嘎查里的人来看姑娘，
那条大鱼已经钻进了泥潭，
虽然阿日善姑娘再三否认，
那条鱼尾终于被所有人发现。

大家一致认为那条鱼就是魔鬼，
是鱼对姑娘使用了妖法和魔幻，
人们没有去思索是谁带来的灾难，
愚昧和盲从是人类随时的危险。

他们把阿日善关到毡房里面，
朝鲁领着人们拿着刀枪来到河边，
大声地叫喊着阿日善的名字，
引诱着那条大鱼出现。

河神这时已经离开了那个泥潭，
他还有很多河流的事情要办，
他担心阿日善看不到自己会担心，
于是找来一条大鱼放在泥潭。

一群人看到有一条大鱼卧在泥潭，
朝鲁抓住大鱼放在人们的眼前，
那个坏蛋朝鲁用刀一阵乱砍，
大鱼顿时皮开肉绽血迹斑斑。

人们抬着大鱼凯旋，
把鱼的尸体抛到姑娘的面前，
阿日善流着眼泪大声呼唤，
直到她的心震碎了再不言语。

她把自己最好的蒙古袍换上，
阿日善沉默着开始梳妆打扮，
伏地给阿爸和额吉行了告别礼，
然后抱着大鱼走向河边的泥潭。
就这样她在诧异的目光中走入河中，
姑娘呼喊着昂格尔慢慢地沉入了泥潭。

河神昂格尔回到了河边，
看着泥潭里已经死去的爱人阿日善，
河神愤怒地用洪水淹没了敕勒川。
大水把嘎查冲毁，人们妻离子散，
这里的土地再也没有河水流过，
黄河从上游拐向了右岸。

在淹没阿日善的那片河床泥潭，
有一个很大的湖泊出现，
这就是那位美丽姑娘留下的身影，
哈素海是昂格尔留下永远的思念。

美丽的姑娘为了爱而献身，
她和河神的子女却在水中繁衍，
爱情的圣洁之物出淤泥而不染，
那就是今天到处盛开的睡莲。

响沙湾的故事

很久很久以前，
在苍茫的北方大地上，
有一片辽阔的草原，
这里土地肥沃，牧草鲜美，
湖泊星罗棋布点缀其间。

这里居住蒙古族布热部落，
人们善良、淳朴、节俭，
在白云蓝天下放牧着牛羊，
平静安详地生活着每一天。

草原上每一个湖泊，
都有自己的名字为伴，
只有一个湖泊被称为"神湖"，
湖水清澈，显示着神秘的深蓝，
部落人们崇拜湖水为神。

湖里生长着全身透明的鱼，
被尊为神鱼在湖中悠闲，
部落的人们绝不去打扰它们，
神鱼是神的化身，代表着大自然。

湖里的"神鱼"每少一只，
沙漠就会侵吞草原一片。
绿色的草原被掩盖，
滚滚沙漠向前移动一座沙山。

布热部落有一个传统，
就是每隔十年的时间，
都要进行一次集会祭天。
在这个集会上，
要挑选一对男女青年，
担任部落里新的祭司，
这也是部落的年轻人
渴望着莫大荣耀的实现。

新的祭司将会传承神力，
吹响部落的神器号角冲天，
向上天祈求保佑人们，
希望部落长盛不衰、富足平安。

他们要开始守护神器，
担当部落新保卫者重任在肩。
而老祭司们便会变得衰弱，
慢慢回归普通人的平凡。

又到了选拔新祭司的日子，
部落迎来了又一个十年，
人们载歌载舞跳跃欢腾，
期待着新的守护者的出现。

长老和祭司按照神器的指引，
找出了新的祭司来接班，
那就是年轻的小伙子奇风
和美丽的姑娘蓝月这一双相伴。

长老们祭出布热部落的神器，
立在祭台上巨大的号角金光灿烂，
部落人们顶礼膜拜，
奇风和蓝月吹响了巨号唤地惊天。

依照传统新祭司到神湖祭拜，
以求得到神的庇佑，
就是那大自然的力量，
用来守卫部落人民和草原的平安。

在草原的尽头是无垠的沙漠，
那里居住着野心勃勃的乌拉魔幻，
他和他的魔族一直都觊觎着
这里明镜的湖泊和肥美的草原。

乌拉魔幻等待进攻的机会，
耐心地等了整整十年，
深知布热祭司的神力不可小看，
便趁着奇风和蓝月前往神湖的时候，
发动了残酷的进攻杀进了草原。

乌拉抢到了神号得意扬扬，
部落长老和前祭司奋力扑上前，
神器在争夺中被乌拉砍为两半，
乌拉把废弃的神号扔在路边。
人们无法与乌拉的军队相抗争，
部落的人们被残杀和驱赶。

等到奇风和蓝月回到部落时，
被眼前的狼藉景象所震撼，
他们找到了奄奄一息的长老，
长老说，"只有神湖里的神鱼
才能重新修复神器，使它神力再现。"

他们带着破损的神器来到神湖，
哭诉着请求神鱼的帮助重归草原，
神鱼们答应了他俩的请求，
为了大地重新恢复平安。

神鱼吐出了自己透明的血液，
把破碎的神器一点点地粘连，
然后神鱼一条条地死去，
大地变为沙漠再不见丰美的草原。

奇风和蓝月带着神器回到部落，
那黄色的沙漠在滚滚向前，
魔族正在奇怪脚下
怎么一瞬间就没有了草原。

神器被神鱼修好以后，
吹出的声音是那样的震撼，
它让魔族魂飞魄散。
经过殊死的斗争一番，
年轻的祭司终于将乌拉魔幻驱赶，
可沙漠已经吞噬了大片的草原。

黄沙滚滚而来侵袭着草原，
为了不被彻底地摧毁家园，
奇风以自己的生命和神力为引，
吹响了神器最高的声线。
几座高大的沙山扑向奇风的面前，
神器的声音阻挡了时间的运转，
终于将沙漠挡在神湖的边缘。

奇风为部落的人们留下了生存的土地，
他和神器却被掩埋在沙山，
蓝月姑娘完成祭祀神圣的使命，
为了永远和奇风相伴，
她那柔美的身体化作了
沙山旁河水奔腾的哈什拉川。

从此，每当沙丘上有风吹拂而过，

沙子总会发出阵阵响声不断，

人们说那是奇风在吹响神号，

他和蓝月还在守护着我们的家园。

注：响沙湾位于中国著名的库布齐沙漠的最东端，占地面积为24平方公里。响沙湾沙高110米、宽400米，地形呈月牙形分布，坡度为45度角倾斜，形成一个巨大的沙丘回音壁。沙子干燥时，游客攀着软梯，或乘坐缆车登上沙丘顶，往下滑溜，沙丘会发出轰隆声，轻则如青蛙"呱呱"的叫声，重则像汽车、飞机轰鸣，又如惊雷贯耳，更像一曲激昂澎湃的交响乐。响沙湾的沙鸣奇迹至今仍是一个谜团，千百年来，人们解释不了响沙的成因，却赋予它许多美丽的传说。

后记

　　这本《秋叶散文诗选·第二辑》收录的诗歌，大部分是近两年所写。我的散文诗大多都是比较长的，所以朗诵起来比较费劲。这一年我集中精力在写蒙古族传统民间故事。到今天，已经用叙事诗的形式写了十个故事，其中已发表了四首，余下的都收集在这本诗集里。

　　现在喜爱诗歌的人越来越多，那些诗社和各种朗诵平台如雨后春笋般地涌现出来。这当然也和人们开始从"看"转向"听"的需要，是分不开的。我写诗，总觉得要说的话太多了，总是一首诗十几个段落，最后自己才明白，在这些诗歌里充满了话痨式的句子。唉，真的是老了，但还是希望读者们能皱着眉读进去，笑着走出来。

秋　叶

2019 年 12 月 31 日